जीवन अद्भुत है! वाक़ई है!

बहुत तनावपूर्ण, व्यवसायिक, स्वचालित,
गोलियाँ खाकर जीने वाले वर्तमान समाज में भी आप ख़ुश,
उत्साही, महत्त्वपूर्ण, उपयोगी,
स्वस्थ और सुरक्षित रह सकते हैं। यह आसान नहीं है,
न ही यह अपने आप होगा। लेकिन अगर आप व्यक्तित्व के
कुछ गुण विकसित कर लेते हैं,
जो नेतृत्व के गुण हैं, तो यह हो जाएगा।
आप भी लीडर बन सकते हैं,
क्योंकि लीडर पैदा नहीं होते हैं, बल्कि बनते हैं।
तो क्या आप नेतृत्व के लिए तैयार हैं?
तो फिर आइए,
हम चलना शुरू करते हैं!

जीवन अद्भुत है

चार्ली जोन्स

अनुवाद : डॉ. सुधीर दीक्षित

MANJUL

MANJUL

मंजुल पब्लिशिंग हाउस

कॉरपोरेट एवं संपादकीय कार्यालय

•द्वितीय तल, उषा प्रीत कॉम्प्लेक्स, 42 मालवीय नगर, भोपाल-462003

विक्रय एवं विपणन कार्यालय

•7/32, अंसारी रोड, दरियागंज, नई दिल्ली-110002

वेबसाइट : www.manjulindia.com

वितरण केन्द्र

अहमदाबाद, बेंगलुरू, भोपाल, कोलकाता, चेन्नई,
हैदराबाद, मुम्बई, नई दिल्ली, पुणे

चार्ली जोन्स द्वारा लिखित मूल अंग्रेजी पुस्तक
लाइफ़ इज़ ट्रेमेन्डस का हिन्दी अनुवाद

यह संस्करण 2017 में पहली बार प्रकाशित
द्वितीय आवृत्ति 2019

व्यंग्य-चित्र : वेन स्टेज़कैल

ISBN 978-81-8322-678-3

हिन्दी अनुवाद : डॉ. सुधीर दीक्षित

मुद्रण व जिल्दसाज़ी : मणिपाल टेक्नोलॉजीज़ लिमिटेड, मणिपाल

अनुक्रम

मेरी गारंटी *7*

1. नेतृत्व का अर्थ जीना सीखना है *11*

2. नेतृत्व के सात नियम *25*

   अपने काम के बारे में रोमांचित बनना सीखें

   उपयोग करें या खो दें

   आदर्श काम करें

   पाने के लिए दें

   अनुभव के द्वार खोलें

   लचीली योजना बनाएँ

   प्रोत्साहित करने के लिए प्रोत्साहित बनें

3. जीवन के तीन निर्णय *79*

4. लीडर अच्छे पाठक होते हैं *103*

मेरी गारंटी

इन पन्नों को पढ़ना संभवतः वह सबसे लाभदायक चीज़ है, जो आप कर सकते हैं। मैं यह गारंटी कैसे दे सकता हूँ? देखिए, कुछ समय पहले मैंने ये विचार कई ऐसी कंपनियों में बताए हैं, जिनकी सकल बिक्री 20 अरब डॉलर से भी ज़्यादा है। इसी एक साल में कई अग्रणी सेल्समैन और एक्ज़ीक्यूटिव अपने परिवार के साथ कई बार आए और उन्होंने मेरा तीन घंटे का वही व्याख्यान सुना। व्यवसायियों, गृहिणियों, धर्मगुरुओं और कॉलेज के विद्यार्थियों से मिली चिट्ठियाँ इस बात की गवाह हैं कि इन विचारों के प्रभाव व परिणाम क्रांतिकारी हैं।

अगर आपको इस पुस्तक से फ़ायदा उठाना है, जैसा हज़ारों लोगों ने उठाया है, तो उसे याद न रखें जो मैं यहाँ कहता हूँ... हैरान न हों! आपने सही सुना है! मेरी कही बातों को याद न रखें। आप हैरानी से पूछ रहे होंगे : "क्या आप कोई  याद रखने लायक़ बात नहीं कहेंगे?" देखिए, मैं यहाँ ऐसी बहुत सी बातें कहूँगा। लेकिन इस पुस्तक का महत्त्व मेरी कही बातों

को याद रखने में नहीं है। मेरी कही बातों के फलस्वरूप आप
जो सोचते हैं, उसे याद रखें, क्योंकि इसी वजह से यह पुस्तक
महत्त्वपूर्ण बनेगी। मेरा उद्देश्य यह साबित करना है कि मेरी
कही बातों के फलस्वरूप आप क्या सोचते हैं, वह मेरी बातों
को याद रखने से कहीं ज़्यादा महत्त्वपूर्ण है।

व्याख्यान शुरू करते वक़्त मैं हमेशा सबसे एक ही बात
कहता हूँ : मेरी कही बातें न लिखें। मेरा मानना है कि आप
जो सुनते हैं, उससे आपका ज़्यादा भला नहीं होता - अगर
ऐसा होता, तो हम सब जैसे हैं, उससे बहुत ज़्यादा बेहतर होते!
ज़िंदगी में अब तक हमने बहुत सारे निर्देश, सलाहें, नियम और
सुझाव सुने हैं, है ना? मैं यहाँ बात को कुछ ज़्यादा ही बढ़ा
रहा हूँ, लेकिन मुझे ऐसा करने दें।

एक दिन मीटिंग से निकलते वक़्त एक आदमी ने मुझसे
कहा, "मि. जोन्स, मैं आपसे शर्त लगाता हूँ कि दस मिनट बाद
इनमें से दस प्रतिशत लोगों को आपकी दस प्रतिशत बातें भी
याद नहीं रहेंगी।" उसकी बात सही थी। इसी कारण मैंने अपने
व्याख्यानों और पुस्तकों को इस तरह तैयार किया है, ताकि
आप यह याद रख सकें कि आप क्या सोचते हैं। इससे कहीं
बढ़कर, मैं आपको वह सोचने के लिए प्रेरित करना चाहता हूँ,
जो आप पहले से जानते हैं। मेरा सबसे बड़ा उद्देश्य आपकी
विचार प्रक्रियाओं को उत्तेजित करना है... आपके सर्वश्रेष्ठ
विचारों को शब्दों में ढालने में मदद करना है, ताकि आप
उनका इस्तेमाल कर सकें और उनसे फ़ायदा उठा सकें। इसके
बाद आप इस बात पर ध्यान केंद्रित करें कि आप क्या सोचते
हैं। यदि आप ऐसा करेंगे, तो मेरी गारंटी है कि नेतृत्व के इन
नियमों के अभ्यास से आपको बहुत फ़ायदा होगा।

जिन कामों में हमारी ख़ूबियों की ज़रूरत हो, उनमें हम सफल होते हैं; लेकिन हम उन कामों में उत्कृष्ट होते हैं, जिनमें हमारे दोष भी हमारे काम आते हैं।

—अलेक्सिस डी टॉकविल

STAYSKAL

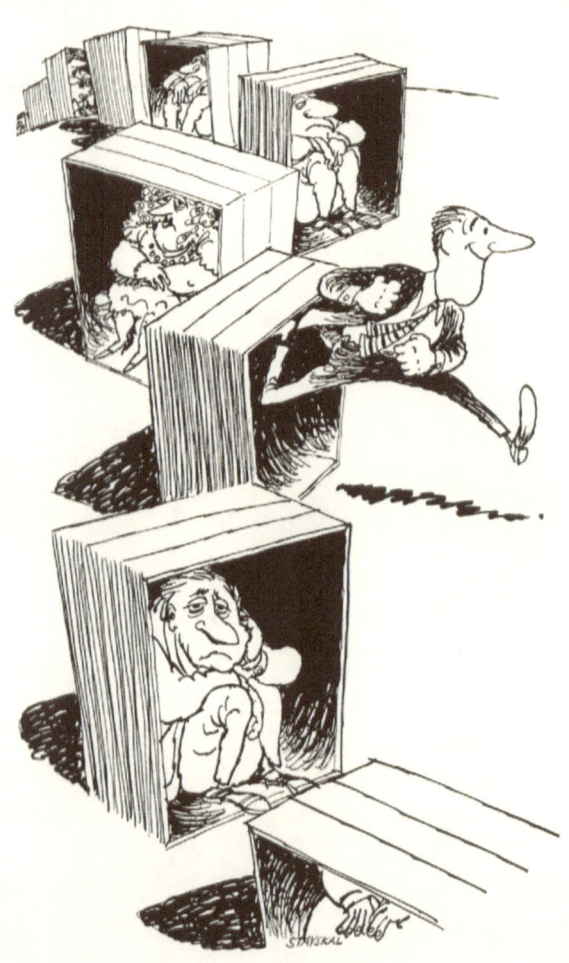

1

नेतृत्व का अर्थ जीना सीखना है

युवा हो या वृद्ध, नेतृत्व हर व्यक्ति की ज़िम्मेदारी और अधिकार है, क्योंकि यह हमारे कामों पर निर्भर होता है। हर व्यक्ति किसी न किसी चीज़ के लिए ज़िम्मेदार होता है, जो सिर्फ़ उसे ही करनी होती है। अगर हम इस विशेषाधिकार का आनंद लेते हैं और अपनी ज़िम्मेदारी निभाते हैं, तो हमारा विकास होता है। दूसरी तरफ़, अगर हम अपने अवसर को नज़रअंदाज़ कर देते हैं, तो हम सिमट जाते हैं, सिकुड़ जाते हैं। सीखने की प्रक्रिया जीवन का सबसे अद्भुत अनुभव है। सबसे दुखद समय वह होता है, जब कोई व्यक्ति यह मान बैठता है कि उसने पर्याप्त सीख लिया है और अब सीखने को कुछ बचा ही नहीं है।

क्या आपने कभी ये मशहूर अंतिम शब्द सुने हैं : "यह वह एक चीज़ है, जो मैंने सीखी है?" जानते हैं, उसने क्या सीखा है? कुछ नहीं! मुझे याद है कि मैं भी अक्सर यह बात कहता था और इसके बाद जल्दी ही मैं वही चीज़ दोबारा सीख रहा होता था। अब मैं यह एक चीज़ सीख रहा हूँ कि जीना सीखने की प्रक्रिया अद्भुत है! हमारा विकास तब तक कभी

ख़त्म नहीं होता, जब तक कि हम सीखना न छोड़ दें। जो लोग यह सरल सच्चाई सीखते रहेंगे, उनकी उम्र तो बढ़ेगी, लेकिन वे कभी बूढ़े नहीं होंगे।

एक बार की बात है! एक लड़का एक बुज़ुर्ग को नाव में बैठाकर चौड़ी नदी के पार ले जा रहा था। बुज़ुर्ग ने पानी में बहती एक पत्ती उठाई, उसे पल भर ग़ौर से देखा और फिर लड़के से पूछा कि क्या वह वनस्पति विज्ञान के बारे में कुछ जानता है।

लड़के ने जवाब दिया, "नहीं, मैं नहीं जानता।" बुज़ुर्ग ने कहा, "बेटे, तुमने अपनी ज़िंदगी का पच्चीस फ़ीसदी हिस्सा गँवा दिया।"

जब वे नाव में आगे चले, तो बुज़ुर्ग ने नाव की तलहटी से एक पत्थर उठाया। उसने इसे अपने हाथ में उलट-पुलट किया, इसके रंग का अध्ययन किया और लड़के से पूछा, "बेटे, क्या तुम भूगर्भशास्त्र के बारे में कुछ जानते हो?" लड़के ने संकोची अंदाज़ में जवाब दिया, "नहीं, मैं नहीं जानता, महोदय।" बुज़ुर्ग ने कहा, "बेटे, तुमने अपनी ज़िंदगी का पचास फ़ीसदी हिस्सा गँवा दिया।"

शाम का धुँधलका हो रहा था और बुज़ुर्ग ने भावविभोर अंदाज़ में ध्रुव तारे को देखा, जो चमकने लगा था। कुछ समय बाद उन्होंने लड़के से पूछा, "बेटे, क्या तुम खगोलशास्त्र के बारे में कुछ जानते हो?" लड़का सिर झुकाकर और भौंहें मोड़कर बोला, "नहीं, मैं नहीं जानता, महोदय।" बुज़ुर्ग ने झिड़कते हुए कहा, "बेटे, तुमने अपनी ज़िंदगी की पचहत्तर फ़ीसदी हिस्सा गँवा दिया!"

तभी लड़के ने देखा कि ऊपर की तरफ़ का बड़ा बाँध चटकने लगा था और दरार में से विशाल धाराएँ निकलने लगी थीं। तुरंत वह बुजुर्ग की ओर मुड़ा और उसने चिल्लाकर पूछा, "महोदय, क्या आप तैरना जानते हैं?" बुजुर्ग ने जवाब दिया, "नहीं।" यह सुनकर लड़के ने कहा, "आपने अभी-अभी अपनी पूरी ज़िंदगी गँवा दी है।"

आपको जीने की सारी विधियाँ और तकनीकें सीखने की ज़रूरत नहीं है, लेकिन अगर आप प्रगतिशील अंदाज़ में जीना चाहते हैं, तो आपको "जीना सीखने" का सच्चा विद्यार्थी बनना होगा, क्योंकि जीवन जीना ही नेतृत्व का सच्चा अर्थ है।

वास्तव में देखा जाए, तो यह पुस्तक मूलतः लेखक के नहीं, आपके बारे में है। मैं यहाँ-वहाँ दख़ल दूँगा और आपको कोई बुरा उदाहरण बताऊँगा, ताकि आप उससे बच सकें, लेकिन यह पुस्तक आपके बारे में बात करेगी। यह आपको जीने के नियम बताती है, जिन्हें मैं नेतृत्व के नियम कहता हूँ। इस जीवन में जो भी दूसरों का नेतृत्व नहीं कर रहा है, वह वास्तविक अर्थों में जी नहीं रहा है। चाहे आपको इस बात का अहसास हो या न हो, आपके जीवन के हर क्षेत्र में दूसरे लोग आपका नेतृत्व करते हैं, चाहे इसके परिणाम अच्छे हों या बुरे। हर गुज़रते पल के साथ आपकी ख़ुद की नेतृत्व ज़िम्मेदारियाँ भी बढ़ रही हैं। जो व्यक्ति इस बात को पहचान लेता है, वह कभी नहीं ऊबेगा। लेकिन जो व्यक्ति इसे भूल जाता है या नज़रअंदाज़ करता है, वह अपनी अंत्येष्टि के काफ़ी पहले ही मर जाएगा। मेरे बेटे जेरे ने एक बार कहा था कि मृत्यु के बाद के जीवन में उसकी दिलचस्पी है, लेकिन जन्म के बाद के जीवन में उसकी और भी ज़्यादा दिलचस्पी है। हम सभी को इसमें दिलचस्पी लेनी चाहिए!

कोई भी अकेला नहीं जीता है। एक "मैं-भूमि" होती है और एक "आप-भूमि" होती है। मैं-भूमि बड़ी एकाकी जगह होती है। असंख्य हज़ारों लोगों की नाव आप-भूमि से दूर चली गई है और वे मैं-भूमि की चट्टानों से टकराकर तबाह हो चुके हैं। शायद वे तबाही से बचकर मैं-भूमि में हिचकोले खाते रहे हों, लेकिन परिणाम वही होता है : जो लोग जीना सीखने के रोमांच का कभी अनुभव नहीं करते हैं, वे अकेलेपन और धीमी मृत्यु के जीवन के लिए अभिशप्त हैं।

शुरुआती क़दम

जीना सीखना तब शुरू होता है, जब आप अपने अंदर सकारात्मक नज़रिया और स्वप्न बनाते हैं।

सबसे पहले, आपको हर वक़्त हर व्यक्ति से कोई न कोई सकारात्मक बात कहना सीखना चाहिए।

आप कहते हैं यह संभव नहीं है। ग़ौर करें, मैंने यह नहीं कहा है कि आपको यह करना चाहिए; मैंने कहा है आपको यह करना सीखना चाहिए। आप कभी मंज़िल पर पूरी तरह नहीं पहुँच पाएँगे, लेकिन आप "विकास की राह" पर तो चल ही सकते हैं।

संभवतः हमारी 99 प्रतिशत बातचीत नकारात्मक होती है। कुछ लोग तो इस बात के लिए बेकरार रहते हैं कि वे अपना मुँह खोलकर कोई नकारात्मक मोती बिखेर दें, ताकि लोग उनकी वाहवाही करें।

मेरा मतलब चिकनी-चुपड़ी चापलूसी से नहीं है। मैं तो पूर्ण निराशावाद के बारे में बोल रहा हूँ। मुझे विश्वास है कि दूसरों से सकारात्मक बात बोलने वाले व्यक्ति से किसी कंपनी, चर्च या घर का माहौल जितना उजला होता है, उतना किसी दूसरी चीज़ से नहीं होता। मुझे यक़ीन है कि अगर हम चाहें, तो हम हर वक़्त हर चीज़ के बारे में हर व्यक्ति से कोई न कोई सकारात्मक बात कह सकते हैं।

क्या आपने जेल में बंद दो क़ैदियों के बारे में सुना था? टॉम ने जो से पूछा, "तुम कहाँ जा रहे हो?" जो ने जवाब दिया, "बिजली की कुर्सी पर।" टॉम ने कहा, "तुम्हें शक्ति मिले।"

देखिए, वैसे तो यह शब्दों का खेल था, लेकिन टॉम की बात सकारात्मक थी। ग़ौर करें कि इन बातों का कितना अलग असर होता है : "बारिश से हर चीज़ बर्बाद हो जाती है!" और "उस सुंदर इंद्रधनुष को तो देखो!" अगर आप हर व्यक्ति से सकारात्मक बात कहने की आदत डाल लेंगे, तो आपको हर व्यक्ति से बात करने की ज़रूरत नहीं होगी; आपकी छवि से ही हर जगह सकारात्मक माहौल बन जाएगा। लेकिन अगर आप इस दिशा में काम नहीं कर रहे हैं, तो आप मैं-भूमि की चट्टानों की तरफ़ बहक रहे हैं।

एक बार एक चिड़चिड़े दादाजी झपकी लेने के लिए लेटे थे। मसखरी में उनके पोते ने उनकी मूँछ पर लिमबर्गर चीज़ लगा दिया। दादाजी झटके से जागे और चिल्लाते हुए बेडरूम से बाहर भागे, "इस कमरे में तो बदबू भरी है!" फिर वे पूरे घर में दौड़ते रहे। आख़िरकार मजबूरी में वे घर से बाहर निकल गए। बाहर जाकर उन्हें पता चला कि "पूरे संसार में बदबू भरी

है!" यह निराशाजनक अनुभव उस शख़्स को नहीं हो सकता, जो हर एक से सकारात्मक बात कहना सीख रहा है।

दूसरी बात, चाहे कुछ भी हो जाए, हर परिस्थिति में कोई न कोई सकारात्मक बात देखना सीखें।

क्या आपने कभी ग़ौर किया है कि जब भी हम कुछ देखते-सुनते हैं, तो हमारा दिमाग़ नकारात्मक निष्कर्षों पर कितनी जल्दी कूदता है? मिसाल के तौर पर, आपके पास फ़ोन आता है, "मैं तुम्हारा बॉस बोल रहा हूँ।" क्या आपका पहला विचार यह होता है : "बहुत बढ़िया, शायद वे मेरी तनख़्वाह बढ़ाना चाहते हैं?" नहीं, हममें से ज़्यादातर की प्रतिक्रिया यह होती है : "अब मुझसे क्या ग़लती हो गई?" या, "उन्हें किसने बताया?"

हमें एक बहुत महत्त्वपूर्ण आदत यह डालनी चाहिए कि चाहे कुछ भी हो जाए, हर परिस्थिति में कोई न कोई सकारात्मक चीज़ खोज लें। आपको लग सकता है कि परिस्थिति इतनी नकारात्मक है कि वहाँ कोई सकारात्मक चीज़ हो ही नहीं सकती, इसलिए ऐसी तलाश मूर्खतापूर्ण है। शायद आपकी बात सही हो, लेकिन मेरा आग्रह है कि आप सकारात्मक यथार्थवादी बनने की आदत डालें और किसी भी

परिस्थिति में मौजूद हर सकारात्मक चीज़ देखें। क्या आपने सेना की जेल में क़ैद दो सकारात्मक चिंतकों के बारे में सुना था? एक ने दूसरे से कहा, "तुम्हें यहाँ कितने दिन की सज़ा मिली है?" "तीस दिन की।" "तुमने क्या किया था?" "मैं अनधिकृत रूप से ग़ैर-हाज़िर रहा था - तुम्हें कितने दिन की

मिली?" "तीन दिन।" "तुमने क्या किया था?" "मैंने जनरल की हत्या की थी।" "ऐसा क्यों है कि मुझे ग़ैर-हाज़िरी के लिए तीस दिन की सज़ा मिली और तुम्हें जनरल की हत्या के लिए केवल तीन दिन की सज़ा मिली?" "बुधवार को मुझे फाँसी पर लटकाया जाएगा।"

आपने देखा, अगर कोई इंसान सचमुच किसी परिस्थिति में कुछ सकारात्मक खोजना चाहता हो, तो वह खोज सकता है। हममें से ज़्यादातर लोगों के साथ समस्या यह है कि हम ऐसा करना ही नहीं चाहते। जीवन में सबसे अच्छी चीज़ें आसानी से नहीं आती हैं; वे मुफ़्त तो मिलती हैं, लेकिन आसानी से नहीं मिलती हैं। इस नज़रिये को विकसित करने में अपनी पूरी कोशिश लगा दें; यह इस लायक़ है।

तीसरे, बड़ा देखना और सरल रखना सीखें।

हमारे ऑफ़िस में हम इसे बड़ा-सरल कहते हैं। मैंने कभी सफलता के किसी सर्वव्यापी फ़ॉर्मूले का प्रचार-प्रसार नहीं किया है, क्योंकि मैं यह सीख रहा हूँ कि जब तक आप किसी फ़ॉर्मूले पर काम नहीं करते हैं, तब तक कोई भी फ़ॉर्मूला आपके लिए काम नहीं करेगा। ज़रूरी नहीं है कि मेरा फ़ॉर्मूला आपके लिए कारगर साबित हो, लेकिन जब आप इसे अपना बना लेंगे, तब यह कारगर हो सकता है। बरसों पहले हमारे ऑफ़िस

नया विचार नाज़ुक होता है। एक व्यंग्यात्मक मुस्कान या उबासी इसे मार सकती है; एक ताना इसे मौत के घाट उतार सकता है; सही व्यक्ति की भौंह की त्योरी इसका गला दबा सकती है।
                                                                —*चार्ल्स ब्रोअर*

ने "बड़ा-सरल" फ़ॉर्मूला अपना लिया। हमने इसे हर बुलेटिन में लिखा, हर दिल पर अंकित किया और इसे जीवनशैली में शामिल कर लिया। "बड़ा-सरल" का पूरा मतलब है : *"बड़ा देखो - सरल रखो।"*

एक व्यक्ति कहता है, "इसमें ऐसी क्या ख़ास बात है?" मैं आपको बता दूँ कि यह मेरे लिए ख़ास क्यों है - यह मेरे स्वभाव के विपरीत है। मेरा स्वभाव यह है कि मैं किसी छोटी चीज़ को बहुत जटिल बना देता हूँ, ताकि मुझे इस बारे में कुछ न करना पड़े। मुझे ख़ुद को लगातार याद दिलाना पड़ता है कि हालाँकि मुझे कई जगहों से मदद मिल सकती है, लेकिन यहाँ मुझे अकेले ही काम करना होगा। कोई दूसरा मेरी तरफ़ से बड़ा नहीं देख सकता या सरल नहीं रख सकता।

यह सीखना अद्भुत है कि चाहे आप चीज़ों को कितना भी बड़ा देख लें या उन्हें कितना ही सरल रख लें, लेकिन आप सर्वोच्च स्तर तक कभी नहीं पहुँच पाएँगे। कोई भी इंसान चीज़ों को कभी इतना बड़ा नहीं देख पाया या चीज़ों को उतना सरल नहीं रख पाया, जितनी वे हो सकती हैं। कई बार हम इनमें से एक को नज़रअंदाज़ कर देते हैं और दूसरे में बेहतर बन जाते हैं - नुक्कड़ पर बैठे उस छोटे लड़के की तरह, जो पिल्ला लेकर बैठा था।

एक सेल्समैन हर दिन उस नुक्कड़ से गुज़रता था। एक सप्ताह बाद उसे उस लड़के पर तरस आने लगा, जो पिल्ला बेचना चाहता था। सेल्समैन जानता था कि लड़के ने बड़ी तसवीर नहीं

देखी थी। वह रुका और बोला, "बेटे, क्या तुम सचमुच यह पिल्ला बेचना चाहते हो?" लड़के ने जवाब दिया, "मैं सचमुच यही चाहता हूँ।"

"देखो, तुम उसे तब तक कभी नहीं बेच पाओगे, जब तक कि तुम बड़ी तसवीर देखना नहीं सीख लोगे। मेरा मतलब यह है, इस पिल्ले को घर ले जाओ, इसे साफ़-सुथरा करो, इसे सजाओ, इसका भाव बढ़ाओ, लोगों को यह सोचने के लिए प्रेरित करो कि उन्हें कोई बड़ी चीज़ मिल रही है। जब तुम यह सब कर लोगे, तो यह बिक जाएगा।"

अगले दिन दोपहर को जब सेल्समैन वहाँ से गुज़रा, तो वह दंग रह गया। लड़के का पिल्ला साफ़-सुथरा, सेंट लगा और रिबन से सजा हुआ था। उसके पास एक बड़ी तख़्ती लगी थी : "अद्भुत पिल्ला बिकाऊ है – 5,000 डॉलर।"

सेल्समैन ने थूक निगला और उसे अहसास हुआ कि उसने लड़के को बड़ा देखना तो सिखा दिया था, लेकिन उसे सरल रखने के बारे में नहीं बता पाया था। शाम को लौटते वक़्त वह लड़के को फ़ॉर्मूले का बाक़ी का आधा हिस्सा बताने के लिए ठहरा, लेकिन लड़का जा चुका था, पिल्ला भी जा चुका था और वहाँ बड़े-बड़े अक्षरों में तख़्ती पर लिखा था, "बिक गया।"

सेल्समैन को यक़ीन नहीं हुआ। वह लड़का कुत्ते को 5,000 डॉलर में नहीं बेच सकता था। उसकी जिज्ञासा ने उसे इतना मजबूर कर दिया कि वह लड़के के घर पहुँचा और घंटी बजा दी। जैसे ही लड़का दरवाज़े पर आया, सेल्समैन ने तपाक से पूछा, "बेटा, तुमने वह कुत्ता 5,000 डॉलर में बेच दिया, क्या सचमुच?" लड़के ने जवाब दिया, "हाँ सर, मैंने

ऐसा ही किया और आपकी मदद के लिए मैं आपको धन्यवाद देना चाहता हूँ।”

सेल्समैन ने कहा, “यह कमाल तुमने कैसे किया?”

लड़के ने जवाब दिया, “ओह, यह आसान था। मैंने तो बस बदले में 2,500 डॉलर की दो बिल्लियाँ ले लीं!”

सावधान रहें! सरल नहीं रखेंगे, तो बड़ा देखकर आप मुश्किल में फँस सकते हैं। दूसरी ओर, सरल रखेंगे और बड़ा नहीं देखेंगे, तो भी आप मुश्किल में फँस सकते हैं। लेकिन, अगर थोड़ा ज़्यादा बड़ा देखना सीख लें और थोड़ा सरल रखना सीख लें, तो आपको कुछ अद्भुत अनुभव होंगे।

याद रखें, इस संसार का कोई भी स्कूल या इंसान आपको यह नहीं सिखा सकता। यह आपके दिल में होता है। आप इस वक़्त जो कर रहे हैं, उसमें प्रक्रिया सीख रहे हैं। आप ख़ुद को अनुशासित कर रहे हैं कि आप थोड़ा ज़्यादा बड़ा देखें और थोड़ा ज़्यादा सरल रखें, वरना आपकी सीखी दूसरी चीज़ बेकार चली जाएगी, क्योंकि आपके पास अपनी नई योग्यता या बढ़ी हुई क्षमता का इस्तेमाल करने का कोई तरीक़ा नहीं होगा।

अगर आप हर समय हर चीज़ के बारे में हर व्यक्ति से सकारात्मक बात कहना सीख रहे हैं, अगर आप हर परिस्थिति में सकारात्मक चीज़ देखने के लिए अपने मन को अनुशासित कर रहे हैं और अगर आप बड़ा देखना तथा सरल रखना सीख रहे हैं, तो आप एक ठोस बुनियाद बना लेते हैं, जिस पर आप एक दृढ़ और उन्नत जीवन का निर्माण कर सकते हैं।

इसका यह मतलब नहीं है कि हर चीज़ बहुत आसान या बाएँ हाथ का खेल हो जाएगी। दरअसल इसके विपरीत होगा। हम जानते हैं कि जब भी कोई इंसान विकास करने

लगता है, तो बाधाएँ ज़्यादा बड़ी हो जाती हैं। लेकिन संघर्ष में ही तो रोमांच और प्रगति है – और यह न भूलें कि ज़िंदगी ज़्यादा आसान सिर्फ़ तभी होती है, जब आप पहाड़ी से नीचे लुढ़क रहे हों।

कैसे नहीं – क्यों

क्या आपने कभी ग़ौर किया कि कितने सारे लोग अपना समय यह सीखने में लगा देते हैं कि कोई काम कैसे करें? और यह सीखने के बाद भी वे ज़्यादा कामयाब नहीं हो पाते। कुछ समय बाद वे कैसे करें वाले नए काम की तलाश में जुट जाते हैं। जैसे ही वे उसमें माहिर होते हैं, वैसे ही वे कैसे करें वाला नया काम खोजने लगते हैं। हालाँकि किसी भी क्षेत्र में तकनीकी क्षमता की ज़रूरत तो होती है, लेकिन कैसे-करें के इस्तेमाल की कुंजी है क्यों-करें।

देश के तमाम बड़े संगठन और इतिहास के महान जीवन "क्यों" के जवाब पर बने हैं। आप किसी को यह तो सिखा सकते हैं कि कोई काम कैसे करें, लेकिन इससे यह गारंटी नहीं मिल जाती कि वह उस काम को करेगा।  लेकिन अगर उसे क्यों का पता चल जाता है, तो वह तमाम बाधाओं के बावजूद कैसे को अपने आप सीख लेगा। कुंजी यह नहीं है कि कैसे जीना है; कुंजी तो यह है कि आप जी क्यों रहे हैं। इस सवाल का जवाब आपको विकास करने की प्रेरणा देता रहेगा।

आप यह पुस्तक क्यों पढ़ रहे हैं? मुझे विश्वास है कि आप इसे जीने और नेतृत्व करने के जवाब खोजने की सकारात्मक उम्मीद से पढ़ रहे हैं। जवाब आपका ख़ुद का मस्तिष्क-कंप्यूटर देगा; मेरा काम तो बस कुछ क्यों-घुंडियों को घुमाना है।

कुछ लोग अद्भुत जीवन जीने के बजाय घिसटते क्यों रहते हैं? जीवित-मृत्यु झेल रहे इनमें से कई लोगों को तो शायद कभी अद्भुत जीवन के बारे में बताया ही नहीं गया है।

शुरुआत में मैंने ज़िक्र किया था कि इंसान अपनी ज़िंदगी में जो भी करता है, उस हर चीज़ की ओर किसी ने उसका नेतृत्व किया है, चाहे इसका परिणाम अच्छा रहा हो या बुरा। जब तक जीवन के किसी भी क्षेत्र में काम करने वाला व्यक्ति अपने विश्वासों और कार्यों का "सेल्समैन" नहीं बनता है, तब तक वह जीने के बारे में ज़्यादा कुछ कभी नहीं सीख पाएगा। क्यों? क्योंकि जीना वास्तविकता से जुड़ना है और सबसे गहरी वास्तविकता लोग हैं। हम हर वक़्त दूसरों का नेतृत्व कर रहे हैं, चाहे हम ऐसा चेतन रूप से कर रहे हों या जान-बूझकर, चाहे हम अपने कार्यों से कर रहे हों या उनकी स्मृति से, एक दिशा में कर रहे हों या दूसरी दिशा में। जब भी हम दूसरे लोगों - बच्चों, वयस्कों, ग्राहकों, सेल्समैनों - के साथ होते हैं, तो हम अपने जीवनमूल्य "बेच" रहे हैं यानी उनका प्रचार कर रहे हैं।

हमेशा सपना देखो और अपने हिसाब से आप जितनी ऊपर पहुँच सकते हों, उससे ऊँचा निशाना साधें। अपने समकालीनों और पहले वालों से बेहतर बनने की चिंता न करें; ख़ुद से बेहतर बनने की कोशिश करें।

—अज्ञात

हमारी समस्या यह है कि हमें अक्सर यह अहसास ही नहीं होता कि हम क्या कर रहे हैं या क्यों कर रहे हैं। सही मक़सद वाले तमाम व्यक्ति ज़िंदगी को सिर्फ़ गुज़ारना नहीं चाहते; वे इससे ज़्यादा करना चाहते हैं - वे योगदान देना चाहते हैं, महत्त्व का अहसास पाना चाहते हैं, दूसरों की स्वीकृति चाहते हैं। ये लक्ष्य और इसी तरह के दूसरे लक्ष्य सबसे अच्छी तरह तब हासिल होते हैं, जब हम जीना सीखने की अद्भुत प्रक्रिया सीख लेते हैं।

2

नेतृत्व के सात नियम

ईश्वर ने अपनी सृष्टि में कुछ नियम बनाए हैं और ये नियम इंसानों में भेदभाव नहीं करते हैं। अक्सर ग़लत तरह से प्रोत्साहित लोग ग़लत उद्देश्यों से सही नियमों का दोहन कर लेते हैं, जबकि सही तरीक़े से प्रोत्साहित लोग मान लेते हैं कि ईमानदारी और मेहनत ही सफलता के लिए पर्याप्त हैं। बाद वालों के उद्देश्य सही होते हैं, लेकिन उन्हें सही परिणाम इसलिए नहीं मिलते हैं, क्योंकि उन्होंने सही नियमों का दोहन नहीं किया। इसलिए मैं सात नियम बताना चाहता हूँ, जो परम सिद्धांत हैं; इनका अनुसरण करने से आपको एक अद्भुत जीवन की गारंटी मिल जाती है। या तो उनका इस्तेमाल करें और उनसे अपने पक्ष में काम कराएँ या फिर उन्हें नज़रअंदाज़ करें और उनसे अपने विपक्ष में काम कराएँ।

नेतृत्व का पहला नियम :

अपने काम के बारे में रोमांचित बनना सीखें

यह एक ऐसा नियम है, जो कभी विफल नहीं हो सकता। यह एक अटल नियम है। देखिए, इसका मतलब बहुत अलग होता,

अगर मैं सिर्फ़ यह कहता : नेतृत्व का पहला नियम है काम। कभी-कभार आप किसी के मुँह से सुनते हैं, "मुझे एक ऐसा इंसान दिखा दें, जो काम करने को तैयार है और मैं आपको एक सफल इंसान दिखा दूँगा।" मैं कहता हूँ, "आप मुझे यह कहने वाला इंसान दिखा दें और मैं आपको एक मूर्ख दिखा दूँगा।" काम ख़ुदबख़ुद सफलता की गारंटी नहीं देता है। मैं अपने अनुभव से जानता हूँ; मैंने लगभग दर्जन बार देखा है कि काम करने के बावजूद मैं दिवालिया होते-होते बचा हूँ।

ऐसा क्यों होता है कि कुछ लोग काम करते जाते हैं, करते जाते हैं, करते जाते हैं, लेकिन इसके बावजूद उनके पास दिखाने के लिए ज़्यादा कुछ नहीं होता? और कुछ लोग काम करते नज़र नहीं आते हैं, लेकिन इसके बावजूद उन्हें बेहतरीन परिणाम मिलते हैं। नेतृत्व का पहला नियम काम नहीं है, जैसा हम आम तौर पर इसे मानते हैं - हालाँकि इसमें काम की ज़रूरत तो होती है - पहला नियम तो *अपने काम के बारे में रोमांचित होना सीखना है!*

लेकिन एक इंसान कहता है, "जोन्स, आपका या किसी एक्ज़ीक्यूटिव का काम इतना आकर्षक होता है कि उसके बारे में रोमांचित बनना आसान है। अगर आपके पास मेरे जितना घटिया काम होता, तो आप ऐसी बात कभी नहीं बोलते।"

मैं आपको एक राज़ की बात बता देता हूँ। "काम" चाहे कोई भी हो, हर काम की वही कहानी होती है : विवरण, नीरसता, तैयारी, प्रयास, थकान। हम सबको इन्हीं चीज़ों से उबरना होता है, चाहे हम कुछ भी कर रहे हों।

निश्चित रूप से, अपने काम को छोड़कर किसी दूसरे के काम के बारे में रोमांचित बनना आसान होता है। लेकिन

अगर मुझे वही काम करना हो, सीखना हो, विकास करना हो,
योजना बनानी हो और लगन से जुटे रहना हो – तो वह काम
भी ज़्यादा मज़ेदार नहीं रह जाता
है। देखिए, नेतृत्व का पहला नियम
यह नहीं कहता है कि किसी दूसरे
के काम के बारे में रोमांचित बनें।
यह तो कहता है कि हम अपने
खुद के काम के बारे में रोमांचित
होना सीखें। उस काम के बारे में

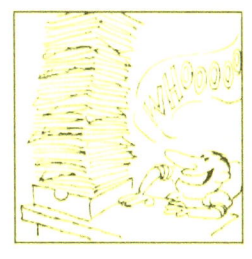

नहीं, जिसे मैं भविष्य में किसी दिन करने के बारे में सोच
रहा हूँ। नेतृत्व का पहला नियम कहता है कि मेरे पास इस
वक़्त जो दुखद काम है, उसके बारे में रोमांचित हो जाऊँ!
और, आप जानते हैं, जब मैं वर्तमान के दुखद काम के बारे
में रोमांचित हो सकता हूँ, तो इसके सुखद बनने पर तो मुझे
अद्भुत अनुभव होगा!

एक युवक आइवी लीग कॉलेज में अपनी क्लास में दूसरे
स्थान पर रहा। वह मेरे ऑफ़िस में आकर बोला, "मि. जोन्स,
मैंने आपके बारे में सुना है। मेरा इंटरव्यू इस कंपनी और
उस कंपनी ने लिया है, लेकिन किसी ने भी मुझे प्रभावित नहीं
किया। शायद आप यह पता लगाने में मेरी मदद कर सकते हैं
कि मैं क्या करना चाहूँगा।"

"ओह, बेचारा!" मैंने सोचा। "मैं इसे थोड़ा सदमे भरा
उपचार देता हूँ।" मैंने जवाब दिया, "आप चाहते हैं, मैं यह
पता लगाने में आपकी मदद करूँ कि आप क्या करना चाहेंगे?
मैं आपकी यह पता लगाने में मदद कैसे कर सकता हूँ कि
आप क्या करना चाहेंगे, जबकि मैं यही पता नहीं लगा पाया हूँ
कि मैं क्या करना चाहता हूँ?"

उसने कहा, "आप जो कर रहे हैं, क्या वह आपको पसंद नहीं है?" मैंने गरजते हुए कहा, "मैं इससे नफ़रत करता हूँ! लोग मुझे वे चीज़ें करने के लिए बहुत ज़्यादा पैसे नहीं देते हैं, जिन्हें करना मुझे पसंद है!"

क्या आप जानते हैं, मुझे क्या पसंद है? मुझे आराम करना पसंद है; मुझे काम के बारे में बातें करना पसंद है। मुझे छुट्टियाँ, जलसे, कमीशन, वेतनवृद्धियाँ, लंबे लंच पसंद हैं। लेकिन मुझे क्या मिलता है? सिर दर्द, निराशा, तिरस्कार!

लेकिन क्या आप जानते हैं कि मैं क्या सीख रहा हूँ? जो मुझे नापसंद है, अगर मैं उसके बारे में रोमांचित नहीं होता हूँ, तो मुझे वह ज़्यादा नहीं मिलेगा, जो मुझे पसंद है और जिसके बारे में मैं रोमांचित होता हूँ।

मैं यह सीख रहा हूँ कि जीवन का मतलब वह काम करना नहीं है, जिसे आप पसंद करते हैं। जीवन का असली मतलब तो वह काम करना है, जो आपको करना चाहिए।

मैं सीख रहा हूँ कि जो लोग अपनी पसंद का कोई काम करते हैं, उन्हें बाद में यह पता चलता है कि उन्होंने जिस काम को पसंदीदा माना था, उसे करना उन्हें दरअसल पसंद नहीं है, लेकिन जो लोग उस नापसंद काम को करना सीख रहे हैं, जिसे उन्हें करना चाहिए, वे अंततः पाते हैं कि जिस काम को वे नापसंद करते थे, अब वही करना उन्हें अच्छा लगता है।

जब मैं 25 साल का था, तब मैंने एक साल में 10,000 डॉलर कमाए। यह उन कामों को करने से हुआ, जिन्हें करना मुझे पसंद नहीं था। जब मैं 30 साल का था, तो उन्होंने वे काम करने के लिए मुझे साल में 25,000 डॉलर दिए, जिन्हें करना मुझे पसंद नहीं था। जब मैं 35 साल का हुआ, तो उन्होंने मुझे

ऐसे काम करने के लिए साल में 50,000 डॉलर दिए, जिन्हें करना मुझे पसंद नहीं था।

वेतन की वजह से ये काम लाभकारी नहीं बने - लेकिन मेरे प्रयास व परिणाम महत्त्वपूर्ण थे और इन्हीं से लाभ हुआ। जीवन मुख्यतः वह करने के बारे में नहीं है जो आपको पसंद है; इसका मतलब तो उसे करना है जो आपको करना चाहिए और जो आपको करने की ज़रूरत है!

मुझे ख़ुशी है कि मैं महामंदी के दौरान पैदा हुआ। उन दिनों हर व्यक्ति मनोविज्ञान का कोई कोर्स किए बिना ही एक बात सीख रहा था : संसार में सबसे रोमांचक चीज़ काम करने में सक्षम होना था! चाहे जैसी हो, नौकरी होना सौभाग्य की बात थी!

आज जिसे देखो, वह सही क़िस्म की नौकरी की तलाश में भटक रहा है। कई बार कोई इस तरह की बात कह देता है, "मैं ऐसी नौकरी खोज रहा हूँ, जो मेरे लिए उपयुक्त हो।" मैं कहता हूँ, "आशा है आपको उससे बेहतर मिलेगी!" हमें यह पता होना चाहिए कि ईश्वर ने ऐसी कोई नौकरी नहीं बनाई है, जो किसी इंसान को बना सके, लेकिन जो इंसान अपने

हम शारीरिक श्रम को अभिशाप या कटु आवश्यकता नहीं मानते हैं, न ही आजीविका कमाने का साधन मानते हैं। हम इसे एक उच्च मानवीय कार्य मानते हैं, जो मानव जीवन का आधार है, मानव के जीवन में सबसे गरिमामय चीज़ है और जो मुक्त, सृजनात्मक होना चाहिए। मनुष्यों को इस पर गर्व करना चाहिए।

—डेविड बेन-गुरियन

काम के बारे में रोमांचित है, वह नौकरी को बना सकता है।

अगर आप किसी ऊपर उठते व्यक्ति को देखें, तो वह ऐसा व्यक्ति होगा, जो यह समझता है कि वह किसी चीज़ का हक़दार नहीं है और हर चीज़ के लिए ऋणी है। लेकिन जब वह उस मुक़ाम पर पहुँच जाता है, जहाँ वह निर्णय लेता है कि वह किसी चीज़ के लिए ऋणी नहीं है और हर चीज़ का हक़दार है, तो वह नीचे की तरफ़ फिसलने लगेगा और उसे पता भी नहीं चल पाएगा कि हुआ क्या था। ग़ौर से देखें कि क्या यह सच है।

काम के प्रति उत्साह सफलता के लिए इतना महत्त्वपूर्ण क्यों है? मैं आपको एक आदमी के बारे में बताता हूँ, जिसे सपने में दस लाख डॉलर विरासत में मिले। उसने सपने में देखा कि सुबह वह शॉवर लेने गया, लेकिन शॉवर चालू नहीं हुआ। वह दाढ़ी बनाने गया, लेकिन शेवर चालू नहीं हुआ। वह कॉफ़ी पीने गया, लेकिन कॉफ़ी बनी ही नहीं और टोस्टर भी काम नहीं कर रहा था। वह अख़बार लेने के लिए बाहर गया, लेकिन बाहर अख़बार नहीं था। वह बस पकड़ने गया, लेकिन बस नहीं आई।

उसने पैंतालीस मिनट तक इंतज़ार किया और आख़िरकार एक आदमी सड़क पर दौड़ता हुआ आया। उसने पूछा, "यहाँ हो क्या रहा है?" और उस आदमी ने हाँफते हुए बताया, "क्या तुमने सुना नहीं? हर एक को दस लाख डॉलर विरासत में मिले हैं! अब कोई भी काम नहीं कर रहा है!"

तभी वह आदमी जाग गया। उठकर उसने अद्भुत शॉवर लिया और अद्भुत दाढ़ी बनाई और अद्भुत कॉफ़ी पी और अद्भुत टोस्ट खाया। उसने अद्भुत अख़बार पढ़ा और अद्भुत

बस पकड़कर अद्भुत नौकरी करने गया! जब हम अपने मौजूदा काम के बारे में रोमांचित होना सीख लेते हैं, तो इससे बहुत ज़्यादा फ़र्क़ पड़ता है!

बहुत से लोग सोचते हैं कि उत्साह या ख़ुशमिज़ाजी आपकी गोद में आकर गिर जाती है! मैं आपको पूरे दिल से यह बताना चाहता हूँ : आप अपने जीवन में जिस सबसे चुनौतीपूर्ण चीज़ का सामना करेंगे, वह है हर दिन अपने काम के बारे में रोमांचित होना सीखना।

कई बार इंसान कहता है, "मैं अपनी अगली नौकरी की तैयारी कर रहा हूँ।" आपके पास जो नौकरी है, बेहतर होगा कि आप उसके बारे में रोमांचित हो जाएँ, वरना हो सकता है कि कोई अगली नौकरी मिले ही नहीं! आप जो काम कर रहे हैं, क्या आप उसके बारे में रोमांचित हैं? इसमें मेहनत की ज़रूरत होती है। जीवन का महत्त्वपूर्ण काम यह है कि काम के बारे में रोमांचित होना सीखा जाए। एक बार जब कोई इसके बारे में थोड़ा सीखना शुरू कर देता है, तो उसकी यात्रा शुरू हो जाती है।

काम के महत्त्व और इसकी तात्कालिक आवश्यकता के अहसास की बदौलत आप अपने काम के बारे में जितने ज़्यादा रोमांचित होते हैं, उतना किसी दूसरी चीज़ से नहीं हो सकते।

उद्यम वास्तव में ख़ुशी से अधिक रुचिकर है; यह पूरे मस्तिष्क की रुचि जाग्रत करता है, मनुष्य की सकल प्रकृति को लगातार और ज़्यादा गहराई से रुचि में बाँधता है। लेकिन ऐसा लगता नहीं है कि यह ऐसा करता है।

—वॉल्टर बैजट

मैं मानता हूँ कि हमारे हृदय में प्रेरणा और महारत की अग्नि सिर्फ़ तभी प्रज्ज्वलित रह सकती है, जब हम अपने काम में तात्कालिक आवश्यकता और महत्त्व का यह अहसास विकसित कर लें – उस काम के बारे में नहीं, जो हम करने जा रहे हैं, वह काम नहीं जो मैं चाहता हूँ कि काश! मैं कर पाता, बल्कि वह काम जो मैं इस समय कर रहा हूँ।

आपके काम में तीव्र इच्छा का अहसास आपको यह बताता है कि कल हमेशा के लिए जा चुका है और हो सकता है कि आने वाला कल कभी आए ही नहीं, इसलिए आपके हाथ में सिर्फ़ आज का दिन ही है। यह आपको बताता है कि आज के काम में टालमटोल करने से कल का बोझ बढ़ जाएगा; इससे आपको वे काम करने में मदद मिलती है, जो आज आपके सामने हैं।

तीव्र इच्छा के अहसास के लिए ईश्वर को धन्यवाद दें, क्योंकि यह किसी भी बोझिल या उबाऊ नौकरी को चमचमाते करियर में बदल सकता है। तीव्र इच्छा का अहसास पूर्ण समाधान नहीं है, लेकिन यह सही दिशा में एक अद्भुत क़दम है।

अगर आपको अपने काम के बारे में तीव्र इच्छा का अहसास न होता हो, तो इसके लिए ईश्वर से प्रार्थना करें, चाहे आपका काम जो भी हो। यक़ीन करें कि वह इसे दे देगा और इसी अनुसार काम करें। जो चीज़ है ही नहीं, जीवन भर उसकी तलाश में भटकने के बजाय इसी वक़्त अपने काम के बारे में रोमांचित बनें और जीना शुरू करें!

नेतृत्व का दूसरा नियम :

उपयोग करें या खो दें

ईश्वर हर व्यक्ति को कुछ गुण, विशेषताएँ, प्रतिभाएँ देता है और फिर वह कहता है, "अगर तुम अपने पास की चीज़ का उपयोग करोगे, तो मैं इसे बढ़ा दूँगा, लेकिन अगर तुम इसका उपयोग नहीं करोगे, तो तुम इसे खो दोगे।" उपयोग करें या खो दें! यह एक नियम है।

एक रात जब मैं एक सेमिनार से बाहर निकला, तो एक आदमी ने मुझसे कहा, "चार्ली, क्या आप इसे संभव मानते हैं कि कोई व्यक्ति अपने काम के बारे में रोमांचित हो, आनंदित हो और सफल हो, लेकिन तीन साल बाद वह इस बात से उकता जाए और सोचने लगे कि उसने इस घटिया काम के बारे में कभी सुना ही क्यों था?"

ओह, ओह... एक और व्यक्ति जो "उपयोग करें या खो दें" नियम के बारे में नहीं जानता था। देखिए, एक दिन वह आनंद ले रहा था और अपने पास के गुणों का उपयोग कर रहा था। फलस्वरूप वह तरक्की कर रहा था और ख़ुश था। फिर वह नीचे फिसलने लगा, क्योंकि वह अपने पास मौजूद गुणों का इस्तेमाल नहीं कर रहा था और इन्हें खो रहा था। एक सुबह वह जागा और उसे पता चला कि वह असफल हो गया है। लोग जब कुछ गँवा देते हैं, तो वे आम तौर पर इसका दोष किसी दूसरी चीज़ पर मढ़ देते हैं। इस बात पर विचार करें : कोई भी तब तक असफल नहीं होता, जब तक कि वह किसी दूसरे को दोष न देने लगे। जब तक आप अपनी असफलता के लिए ख़ुद को दोषी मानते हैं, तब तक आप असफल नहीं

हैं, क्योंकि आप स्थिति को बदल सकते हैं!

क्या आपने उन बुद्धिमान चोरों के बारे में सुना है, जो पूरी दुनिया में सक्रिय हैं? एक रात उन्होंने जूतों के एक स्टोर में चोरी की। उन्होंने एहतियात से सारे जूते डिब्बों से बाहर निकाले और ख़ाली डिब्बे क़रीने से सभी शेल्फ़ में फिर से जमा दिए। काम पूरा होने के बाद उन्होंने स्टोर को पहले जैसा ही छोड़ दिया – अंतर केवल इतना था कि डिब्बों में जूते नहीं थे!

अगली सुबह मैनेजर आया और वह हमेशा की तरह ख़ुशनुमा था। उसने अपने कर्मचारियों के साथ फटाफट सेल्स मीटिंग की। फिर जब पहला ग्राहक आया, तो उसने अपने अव्वल सेल्समैन को भेजा : "बिल, जाकर बिक्री कर दो।"

बिल तेज़ी से गया। "गुड मॉर्निंग, मैडम," उसने कहा। "अपना छोटा सा पैर यहाँ रखें। ओह, कितना सुंदर पैर है! हमारे पास पेरिस का एक जूता है, जो आपकी आँखों को भा जाएगा। यह रहा... माफ़ करें, मैडम, थोड़ी सी गड़बड़ है। मैडम, यह ग़लत जूता था। मैं आपको एक ऐसा जूता दिखाना चाहता हूँ, जो इतने सुंदर पैरों के लिए ही बनाया गया है... उह, यह वाला भी नहीं है। मैं अपनी पत्नी के लिए एक जोड़ी बचा रहा था, जो आपको सचमुच पसंद आएगा। इसकी ओर देखें, मैडम... ओह, एक मिनट, मैडम। मैं अभी आता हूँ।"

"बॉस, हमारे सामने एक समस्या है।"

"समस्या? कैसी समस्या?"

"बॉस, हमारे पास जूते नहीं हैं।"

"तुम्हारा क्या मतलब है, हमारे पास जूते नहीं हैं? इतने सारे डिब्बे तो रखे हैं।"

"बॉस, सारे डिब्बे ख़ाली हैं!"

जी हाँ, महोदय। स्टोर लुट चुका था और बेचारे मालिक को इसकी ख़बर तक नहीं हुई! यही उन करोड़ों लोगों का हाल है, जो इसलिए लुट चुके हैं, क्योंकि वे उपयोग करें या खो दें के नियम पर नहीं चले।

आइए, हम अपने चरित्र के भंडार की छोटी सी सूची बनाते हैं। बहुत सारे लोग उपयोग करें या खो दें का नियम नहीं सीख रहे हैं। यह नियम कहता है कि अगर आप अपने पास की चीज़ का उपयोग नहीं कर रहे हैं, तो आप इसे खो रहे हैं। आपके पास जो है, अगर आप उसका उपयोग कर रहे हैं, तो यह आपको ज़्यादा मिल रही है।

एक व्यक्ति कहता है, "ऐसा कैसे है कि मैं उससे दोगुना स्मार्ट हूँ, लेकिन फिर भी वह मुझसे दोगुना कमा रहा है?" मैं आपको बता देता हूँ कि ऐसा क्यों है : उसके पास जो है, वह उसका उपयोग करना सीख रहा है, इसलिए उसे ज़्यादा मिल रहा है।

आइए, आपके शेल्फ़ के कुछ डिब्बों की जाँच करते हैं। आपका पूर्ण समर्पण कैसा है? क्या आपने हाल में इसकी जाँच की है? अगर आपके पास थोड़ा सा भी समर्पण है और आप इसका उपयोग कर रहे हैं, तो आप इसे बढ़ा रहे हैं। अगर आपके पास थोड़ा सा समर्पण है, लेकिन आप इसका उपयोग नहीं कर रहे हैं, तो आप इसे खो रहे हैं।

मैं युवाओं से कहता हूँ, "अगर आपसे कभी हाशिये पर जाने को कहा जाए - आपकी चुनी हुई चीज़ से अलग

किसी दूसरी चीज़ पर जाने को कहा जाए - तो उसके लिए भारी दौलत माँगें!" क्योंकि अगर आप अपने पूर्ण समर्पण की थोड़ी सी भी मात्रा को खो देंगे, तो आप दिवालिया हो जाएँगे। हाशिया फिसलने वाली पंक्ति होती है; आपके हाथों को करने के लिए जो भी मिले, उसे पूरी शक्ति से करें। अगर आप ज़्यादा समर्पण का इस्तेमाल करते हैं, तो समर्पण बढ़ता चला जाएगा और पूर्ण समर्पण से आपको वे चीज़ें मिल जाएँगी, जिन्हें आप सचमुच चाहते हैं।

ठीक है, अब आपकी नेकी की जाँच करते हैं। आप कहते हैं, "ओहो, मुझे खुशी है कि आपने इसका ज़िक्र किया, क्योंकि यह मेरी शक्ति है।"

मेरा मतलब वैसी नेकी से नहीं है, जिसे आप अपने मंसूबे पूरे करने के लिए बटन दबाकर चालू कर देते हैं। हम सभी नेकी का नाटक करना जानते हैं। मैं ईश्वर-के-प्रति-सच्ची, वास्तविक नेकी की बात कर रहा हूँ। मैं उस तरह की नेकी की बात कर रहा हूँ, जिसका जब आप इस्तेमाल करते हैं, तो यह बढ़ती है, लेकिन अगर आप इसका इस्तेमाल नहीं करते हैं, तो यह ग़ायब हो जाती है।

पिछले साल मैंने हॉलीवुड बीच पर एक कंपनी के राष्ट्रीय जलसे में व्याख्यान दिया और फिर पॉम्पैनो बीच पर अपने डैडी से मिलने गया। मेरे पास बस इतना ही समय था कि मैं कार से जाऊँ, उन्हें बता दूँ कि मैं उनसे प्रेम करता हूँ और फिर उनके गले लगकर वापस लौट आऊँ। लंच के लिए समय नहीं था और मैं भूख से मरा जा रहा था, तभी मैंने देखा कि मुझे पेट्रोल भरवाना होगा। मैंने सोचा, "मैं एक तीर से दो शिकार कर लेता हूँ; मैं पेट्रोल भी भरवा लेता हूँ और दौड़कर नज़दीकी

किराना स्टोर से एक आइसक्रीम सैंडविच भी ले आता हूँ।"

मैंने पेट्रोल पंप पर गाड़ी रोकी। मेरे सामने एक और कार खड़ी थी। जब मैं क्रेडिट कार्ड हाथ में लेकर बाहर कूदा, तो एक अटेंडेंट मेरी कार के पास आया। मैंने फटाफट उससे कहा, "यह लो, यह कार्ड लो और मेरा टैंक पूरा भर दो। मैं एक मिनट में लौटकर आता हूँ।" उसने जवाब दिया, "आप क्या करना चाहते हैं, मुझे परेशान करना चाहते हैं?"

मेरी भूख अब बेक़ाबू हो रही थी, इसलिए मैं झल्लाकर बोला : "कार्ड लेकर टैंक पूरा भर दो, वरना मैं कहीं और से पेट्रोल भरा लूँगा।"

मैं अपनी आइसक्रीम सैंडविच लेने के लिए सड़क के पार चला गया। आधी सड़क पार करने के बाद मेरे मन में एक विचार तूफ़ान की तरह आया : मैंने अभी-अभी अपनी थोड़ी नेकी खो दी थी और मेरे पास इतनी ज़्यादा नहीं थी कि उसे खोना गवारा कर सकूँ। मैं दोबारा सड़क पार करने और अफ़सोस जताने के लिए व्यग्र होने लगा। लौटकर मैंने कहा, "दोस्त, एक मिनट पहले मैंने तुम्हारे साथ बदतमीज़ी की थी और मैं माफ़ी माँगना चाहता हूँ। मुझे अफ़सोस है।" जानते हैं, उसने क्या कहा? "कोई बात नहीं। *हर कोई मेरे साथ बदतमीज़ी करता है!*"

मनुष्य तब शांत और ख़ुश होता है, जब उसने काम में अपना पूरा दिल लगाया हो और अपनी सबसे अच्छी कोशिश की हो; इसके अलावा वह जो कहता या करता है, उससे उसे कोई शांति नहीं मिलेगी।

—रैल्फ़ वॉल्डो एमर्सन

हाँ, हम एक ऐसे संसार में रहते हैं, जहाँ कई लोग एक दूसरे के प्रति बदतमीज़ी करने में अपनी शान समझते हैं। हम जानते हैं कि नेकी का नाटक कैसे करना है, लेकिन हम नेक होने के बारे में ज़्यादा नहीं जानते हैं, है ना? संसार में सबसे महान चीज़ों में से एक है सामान्य, सहज बोध वाला, नेकदिल इंसान बनना। अगर हममें से ज़्यादातर लोग यह सीख लें, तो शायद हमारे बच्चे हमें परेशान करने के बजाय हमारी नक़ल करने लगेंगे।

किसी चालाक व्यक्ति को भाँपना बहुत आसान होता है। मैं एक मील दूर से भाँप लेता हूँ – कारण जानते हैं, चालाक व्यक्ति के लिए चालाक व्यक्ति को पहचानना आसान होता है! मैंने पाया है कि दूसरों की जिन बातों पर मुझे गुस्सा आता है, दरअसल वे मेरे ही दोषों की प्रतिबिंब होती हैं – और यह समझने के बाद मैं ज़्यादा सहिष्णु हो गया हूँ!

संसार की सबसे महान चीज़ों में से एक यह है कि जिस व्यक्ति में थोड़ी नेकी हो, वह हर वक़्त, हर एक के साथ इसका इस्तेमाल करे – पड़ोसियों के साथ, परिवार वालों के साथ, लिफ़्ट चलाने वाले के साथ, वेटरों के साथ – हर वक़्त। अगर आप अपने पास मौजूद थोड़ी सी नेकी का इस्तेमाल नहीं कर रहे हैं, तो आप इसे खो रहे हैं। आप असली नेकी की नक़ल नहीं कर सकते या इसका उत्पादन नहीं कर सकते। किसी ऐसे व्यक्ति से मिलना कितना रोमांचक होता है, जो वास्तविक हो और सादा हो और सचमुच नेक हो। यह बस अद्भुत होता है!

आइए निष्ठा के डिब्बे की जाँच करते हैं। एक आदमी कहता है, "ओह, मैं इसमें भी अच्छा हूँ।" हाँ, मैं आपका मतलब समझता हूँ। बहुत से लोग सोचते हैं कि जब कोई आपको कुछ दे, तो आप बदले में उसे निष्ठा देते हैं। देखिए,

निष्ठा देते समय आप इस बात की परवाह नहीं करते हैं कि बदले में आपको क्या मिलता है। दरअसल निष्ठा देकर आप अधिक निष्ठा को आमंत्रित करते हैं और निष्ठा से दूसरे महान गुण प्रवाहित होते हैं।

कुछ लोग कहते हैं, "परिवार या कंपनी के प्रति निष्ठावान बनने की बहुत क़ीमत चुकानी पड़ती है" - लेकिन ज़रा सोचें अगर आप अपनी निष्ठा का उपयोग नहीं करेंगे, तो आपको कितनी ज़्यादा क़ीमत चुकानी पड़ेगी।

आप किसी चीज़ में संलग्न होना कितना पसंद करेंगे, जहाँ कोई अपने विश्वास की ख़ातिर जान देने को तैयार न हो? आप संसार को तो नहीं बदल सकते, लेकिन आपके पास जो है, उसका उपयोग करके और उसे बढ़ाकर आप ख़ुद को तो बदल सकते हैं। निष्ठा बढ़ाने के लिए इसका उपयोग करें और इसका विस्तार करें; निष्ठा बढ़ाने का दूसरा कोई तरीक़ा नहीं है।

आपका अनुशासन कैसा है? मैं अनुशासन से जितनी नफ़रत करता हूँ, शायद ही किसी दूसरी चीज़ से करता हूँ। मुझे इससे हमेशा नफ़रत रही है। मुझे अपने अनुशासनप्रिय

निष्ठा के बिना किसी भी क्षेत्र में कोई चीज़ हासिल नहीं की जा सकती। जो व्यक्ति निचले स्तर पर निष्ठावान सेवा करता है, उसे ज़्यादा ऊँची ज़िम्मेदारियों के लिए चुना जाएगा। बाइबल के उस सेवक की तरह, जिसने अपने मालिक के दिए एक पौंड को कई गुना कर दिया था और इसके बाद उसे दस शहरों का शासक बना दिया गया था, जबकि जिस सेवक ने उस एक पौंड का उपयोग नहीं किया था, उसने उसे भी गँवा दिया था।

—बी. सी. फ़ोर्ब्स

डैडी याद हैं। लगभग हर सुबह वे कहते थे, "बेटे, इससे तुम्हें जितनी चोट पहुँचती है, उससे ज़्यादा चोट मुझे पहुँचती है।"

मैं कहता था, "डैडी, अगर इससे आपको इतनी ज़्यादा चोट पहुँचती है, तो आप इसे हमेशा क्यों करते हैं?" मुझे अनुशासन से नफ़रत थी।

लेकिन जीवन में बाद में मैंने सीखा - माफ़ करें, मैंने सीखना शुरू किया - कि अनुशासन वह बहुत महान गुण है, जिसे इंसान विकसित कर सकता है और कई गुना बढ़ा सकता है। अनुशासन एक गुण है। आप इसकी थोड़ी सी मात्रा से शुरुआत करते हैं, आप ख़ुद को सत्ता के अधीन रखते हैं और किसी नौकरी तथा लक्ष्य के प्रति समर्पित करते हैं। इस तरह आप अनुशासन के बारे में थोड़ा ज़्यादा सीखते हैं।

जो व्यक्ति ख़ुद को सत्ता के अधीन रखकर अनुशासन के बारे में नहीं सीख रहा है, वह चाहे जितने आत्म-अनुशासन का इस्तेमाल कर ले, कभी सफल नहीं होगा! उसमें अनुशासन पर अमल करने का अनुशासन नहीं है।

कई लोग सिर्फ़ इसलिए असफल हो जाते हैं, क्योंकि वे इस अनिवार्य गुण का इस्तेमाल नहीं करते हैं। हताशा और पराजय में भी अनुशासन आपको सृजनात्मक रूप से व्यस्त रहने की प्रेरणा देगा। तब शंका, चिंता और आत्म-करुणा पीछे छूट जाएँगे।

हममें से कुछ लोगों में यह भाव होता है : "मैं... कभी नहीं करूँगा!" ऐसा कभी न कहें! अगर आप ऐसा कहते हैं, तो ग़ौर करें, इस गुण को सीखना शुरू करने के लिए आपको अनुशासन की उतनी ही ज़रूरत होती है, जितनी किसी दूसरी चीज़ की।

मुझे आशा है कि वे बुद्धिमान चोर आपकी निगाह बचाकर आपके भंडार के गुण चुराकर नहीं ले गए होंगे। याद रखें, वे चोर सारे समय आपके और मेरे भंडार पर सक्रिय हैं। आपके पास जो है, उसका उपयोग करके उसे बढ़ाएँ। आवश्यक गुण विकसित करने का इसके सिवा कोई दूसरा तरीक़ा नहीं है।

नेतृत्व का तीसरा नियम :

आदर्श काम करें

कभी-कभार मैं किसी ऐसे व्यक्ति से मिलता हूँ, जो कहता है, "जानते हैं, मैं आधे-अधूरे काम में यक़ीन नहीं करता। जब मैं कोई चीज़ करता हूँ, तो आदर्श ढंग से करना चाहता हूँ।"

मैं नहीं जानता कि आपने सैम के कपड़ों के स्टोर के बारे में सुना है या नहीं, लेकिन सैम एक अलग ही क़िस्म का इंसान है। वह आदर्श काम के नियम के बारे में जानता था। एक दिन जॉन सैम से मिलने गया। उसने कहा, "सैम, मैं एक सूट ख़रीदना चाहता हूँ।"

सैम बोला, "१-१-१!"

जॉन ने पूछा, "१-१-१ से आपका क्या मतलब है?"

"हम यहाँ सूट नहीं बेचते हैं।"

जॉन आश्चर्य से बोला, "तो फिर ये जो इतनी सारी चीज़ें टँगी हैं, वे क्या हैं?"

सैम ने कहा, "देखो, हम यहाँ सूट नहीं बेचते हैं - यहाँ, इस तरफ़ आएँ - ऐसा नहीं है कि हम आपको रैक से उठाकर कोई भी सूट बेच सकते हैं। जब आप यहाँ सूट ख़रीदने आते हैं, तो यह एक बड़ा अभियान होता है! हमारे यहाँ यह बहुत बड़ा मामला होता है। हमें आपके वास्तविक व्यक्तित्व को जानना पड़ता है। हमें आपके नज़रिये और आपकी योग्यता को जानना पड़ता है। हमें आपकी पसंद–नापसंद को जानना पड़ता है। जब हम आपके सच्चे स्वरूप को जान लेते हैं, तब कहीं जाकर हम आपके लिए सबसे उपयुक्त, बिलकुल सही ऊन चुनते हैं। हम आपके लिए उपयुक्त बिलकुल सही भेड़ चुनने के लिए इंग्लैंड तक भी जा सकते हैं। हम सही रेशम की तलाश में जापान तक जा सकते हैं; हम सही कीड़ा तक चुनते हैं! और बटन; हम आपके लिए सबसे उपयुक्त बारहसिंघा चुनने के लिए अलास्का तक भी जा सकते हैं।"

जॉन बीच में बोलता है : "एक मिनट ठहरो, सैम। मुझे सूट आज ही चाहिए!"

सैम बोलता है : "यह आपको मिल जाएगा!"

देखिए, मैं सही चीज़ करने में विश्वास करता हूँ। वास्तव में, मैं अक्सर यह प्रार्थना करता हूँ, जो मेरे हृदय की पुकार होती है "हे ईश्वर, मरने से पहले मुझे एक चीज़ सही करने दो।" लेकिन फिर मैं जोड़ देता हूँ, "लेकिन हे ईश्वर, तब तक कुछ करने में मेरी मदद करो!"

एक नियम है जो कहता है कि अगर आप कुछ करना नहीं सीख रहे हैं, तो आने वाले कल में आप आदर्श काम के बारे में ज़्यादा नहीं जान पाएँगे। युवा सेल्समैन के रूप में मैंने रास्ते के हर क़दम पर यह बात सीखी। पति, पिता, संडे स्कूल टीचर - आप चाहे जिस भूमिका को उठा लें - मेरा हृदय कुछ

करने में आनंदित होता था। वैसे अगर मैं थोड़ा ज़्यादा इंतज़ार करता, तो मैं बेहतर काम कर सकता था, लेकिन हो सकता है कि कई छोटे-छोटे काम तो कभी हो ही नहीं पाते।

अगर आप आदर्श पूर्णता में विश्वास करते हैं, तो आप सपने देखने के सिवा ज़्यादा कुछ नहीं कर पाएँगे। लेकिन काम आपको दैनिक जीवन में आदर्श पूर्णता के बारे में थोड़ी सीख दे सकता है।

नेतृत्व का चौथा नियम

पाने के लिए दें

कोई कहता है, "मैं इस नियम पर सचमुच विश्वास करता हूँ। यह मुझे मेरे दादाजी ने सिखाया था और मेरी पत्नी, वह भी यही कहती है। पिछले सप्ताह पादरी ने भी इस पर प्रवचन दिया था। उन्होंने कहा था कि अगर आप देंगे, तो आपको मिलेगा!"

जो संयोग के भरोसे कुछ नहीं छोड़ता है, वह बहुत कम चीज़ें बुरी करेगा, लेकिन वह बहुत कम चीज़ें कर पाएगा।

—चार्ल्स बॉडेलियर

स्थिर खड़े रहने से आपके अँगूठे में कभी चोट नहीं लगेगी। आप जितनी ज़्यादा तेज़ चलेंगे, अँगूठे में चोट लगने की उतनी ही ज़्यादा आशंका रहेगी, लेकिन उतनी ही ज़्यादा संभावना इस बात की भी रहेगी कि आप कहीं पहुँच जाएँगे।

—चार्ल्स एफ़. केटरिंग

इस बात पर यक़ीन न करें! यह सच नहीं है!

आपने उस इंसान की बात सुनी होगी, जो कहता है, "देखिए, मेरी सफलता का रहस्य है : मैंने दिया। हाँ, मैंने दिया और दिया और दिया और देता गया," (उसका अंदाज़ कहता है, "और देखो बदले में मुझे कितना सारा मिला")।

जो लोग पाने के लिए देते हैं, उनके लिए ज़्यादा अच्छा यही रहेगा कि उन्हें कुछ भी न मिले। मैं कई ऐसे लोगों को जानता हूँ, जो बदले में मिली चीज़ों की वजह से बर्बाद हो चुके हैं, क्योंकि उन्हें वह नहीं मिला, जो वे सोचते थे कि उन्हें  मिलने वाला है – उन चीज़ों ने इन लोगों को जकड़ लिया और इसी से सारा फ़र्क़ पड़ा!

यह शब्दों की बाज़ीगरी नहीं है। "पाने के लिए देना" स्वस्थ भी हो सकता है, लेकिन इसका वह मतलब नहीं होता, जो हम आम तौर पर निकालते हैं। नेतृत्व का मतलब है देना सीखना, चाहे आपको बदले में कुछ मिल रहा हो या न मिल रहा हो! अगर आपने किसी चीज़ को पाने के लिए कभी कुछ दिया है, तो आप वास्तव में दे नहीं रहे हैं, आप तो ख़रीद-फरोख़्त कर रहे हैं!

दरअसल, हम देने के बारे में ज़्यादा नहीं जानते हैं। क्या आपको अहसास है कि वैवाहिक जीवन में एक बहुत बड़ी समस्या यही रहती है कि हम देने के बारे में बहुत कम जानते हैं? हम सभी ख़रीद-फरोख़्त के बारे में तो जानते हैं, लेकिन सचमुच देने के बारे में नहीं जानते।

अगर कोई व्यक्ति देना सीख रहा है, चाहे उसे कुछ मिलता हो या न मिलता हो, तो वह सचमुच दे रहा है। अगर आप देंगे – चाहे आपको कुछ मिले या न मिले – तो आप हमेशा देने में ज़्यादा सक्षम बनेंगे। इस बढ़ी हुई क्षमता से आपका भंडार बढ़ेगा, जिससे आप हमेशा काम करने और देने में, विश्वास से और सुरक्षित रूप से जीने में सक्षम बन जाते हैं। यह एक ऐसे संसार में होता है, जहाँ लोग बुरी तरह डरे हुए हैं (चाहे बैंक अकाउंट जो भी कहता हो)।

हो सकता है कि आप अपनी प्रतिष्ठा, अपना घर और अपना परिवार तक खो दें, लेकिन अगर आप देना सीख रहे हैं, तो आप देने की क्षमता नहीं खो सकते। लेकिन ध्यान रखें, अगर आप देने की ज़्यादा क्षमता के सिवा बदले में कोई दूसरी चीज़ पाना चाहते हैं, तो आप सचमुच नहीं दे रहे हैं।

एक बार एक व्यक्ति ने मुझसे कहा था, "जानते हो, मैं सप्ताह में छह दिन, दिन में बीस घंटे काम क्यों नहीं करता हूँ?" मैंने पूछा। "क्यों?" उसका जवाब था, "क्योंकि यह मेरा कारोबार नहीं है। अगर यह मेरा कारोबार होता, तो मैं बताता कि मेहनत किसे कहते हैं! लेकिन मेरा यहाँ कोई मालिकाना हक़ नहीं है। अगर मेरे पास ऐसी कोई चीज़ होती, जो मैं अपने बच्चों के लिए छोड़कर जा सकता, तो मैं दिन-रात मेहनत करता। मैं…"

इंसान ने क्या लिया, इसके लिए कभी किसी को सम्मानित नहीं किया गया। सम्मान तो उसे इसलिए मिलता है, क्योंकि उसने कुछ दिया।

—कैल्विन कूलिज

एक मिनट ठहरें। मैंने एक कंपनी के लिए सोलह साल तक काम किया, जहाँ मुझे सिर्फ़ तनख़्वाह मिलती थी। उन सोलह सालों में मैंने एक बार भी उस कंपनी के लिए काम नहीं किया। मैं किसके लिए काम कर रहा था? मैं चार्ल्स ई. जोन्स और उसके छह छोटे बच्चों की गुज़र-बसर के लिए काम कर रहा था! ऐसे बहुत से मौक़े थे, जब मुझे पता था कि मैं दे रहा था, लेकिन इसके बावजूद मुझे दुखों, कष्टों और समस्याओं के सिवा कुछ नहीं मिल रहा था। लेकिन मैं यह बात भी जानता था कि मैं सच्चे अर्थ में देना सीख रहा था।

कॉन्ट्रैक्टर की बेटी से शादी करने वाले एक युवा कॉन्ट्रैक्टर को यह सबक़ मुश्किल तरीक़े से सीखना पड़ा। ससुर अपने दामाद को एक तोहफ़ा देना चाहता था।

उसने कहा, "बेटे, मैं नहीं चाहता कि तुम निचले स्तर से अपना काम शुरू करो, जहाँ मैंने शुरू किया था। इसलिए तुम जाकर इस कस्बे का सबसे शानदार मकान बनाओ, उसमें हर चीज़ आला दर्जे की लगाओ, उसे महल बना दो और उसे बनाकर मुझे दे दो।"

युवा कॉन्ट्रैक्टर ने इसे ज़ोरदार मुनाफ़ा कमाने के अवसर के रूप में देखा। उसने फटाफट एक कामचलाऊ इमारत बनाई, जो बस दो मज़बूत आँधियाँ झेल सकती थी। कुछ समय बाद वह अपने ससुर के पास गया। "डैडी, मकान तैयार हो गया है।"

"क्या यह शानदार है? क्या यह वैसा ही महल है, जैसा मैं चाहता था?"

"हाँ, डैडी।"

"बेटे, क्या यह सचमुच वह सबसे शानदार मकान है, जो कभी बना था?"

"हाँ, डैडी।"

"ठीक है, बिल कहाँ है? क्या इसमें तुम्हारे लिए अच्छा मुनाफ़ा है?"

"हाँ, डैडी।"

"बहुत बढ़िया। यह रहा तुम्हारा चेक और क़ानूनी काग़ज़ात कहाँ हैं?"

क़ानूनी काग़ज़ात देखकर ससुर ने कहा, "मैंने तुम्हें यह नहीं बताया था कि मैं इसे कस्बे का सबसे अच्छा मकान क्यों बनवाना चाहता था। मैं चाहता था कि अपने बेटी-दामाद के प्रति अपना प्यार दिखाने के लिए तुम दोनों को कोई ख़ास तोहफ़ा दूँ... यह लो, क़ानूनी काग़ज़ात लो और जाकर उस घर में रहो - तुमने इसे ख़ुद के लिए बनाया है!"

युवा कॉन्ट्रैक्टर टूटे हुए, कुंठित व्यक्ति की तरह भारी क़दमों से गया। उसने सोचा था कि वह घटिया माल लगाकर, पैसे बचाकर और शॉर्टकट अपनाकर दौलत कमा रहा था, लेकिन वह किसी दूसरे को नहीं, बल्कि ख़ुद को ही धोखा दे रहा था।

आप कॉन्ट्रैक्टर हों या न हों, आप एक जीवन का निर्माण कर रहे हैं। बेहतर जीवन तभी बनेगा, जब देने की क्षमता बढ़ेगी। सचमुच देने से सच्चे जीवन का निर्माण है, क्योंकि तब आपमें कोई ऐसी अनूठी चीज़ देने की क्षमता आ जाती है, जो दूसरे किसी व्यक्ति के पास नहीं होती।

मैं आपको आश्वस्त करना चाहता हूँ कि आज तक कोई भी इंसान इस नियम की पूर्ण संभावना तक नहीं पहुँच पाया

है। ऐसा कोई इंसान नहीं है, जिसमें मैं भी शामिल हूँ, जो देने
के बारे में बहुत ज़्यादा जानता हो। लेकिन ईश्वर की कृपा रहे,
तो आप पाने के लिए देने का नियम ज़्यादा अच्छी तरह सीख
सकते हैं। याद रखें, आपको जो मिलता है, वह बदले में मिला
उपहार नहीं है; आप जहाँ हैं, आपकी उससे आगे जाने की
क्षमता बढ़ जाती है। यह विकास का नियम है!

नेतृत्व का पाँचवाँ नियम :

अनुभव के द्वार खोलें

जीवन की शुरुआत में ईश्वर हर इंसान को एक मनोवैज्ञानिक
चाबी का छल्ला देता है। वह एक नियम देता है, "हर बार जब
भी तुम ख़ुद को किसी स्थिति के लिए खोलोगे, तो मैं तुम्हारे
चाबी के छल्ले के लिए अनुभव की एक और चाबी दे दूँगा।"

जल्दी ही चाबी का छल्ला अनुभवों से भरने लगता है
और फिर हम यह पहचानना शुरू करते हैं कि हमारे सामने
जो स्थिति है, उसका ताला खोलने के लिए सही चाबी कैसे
चुनी जाए।

जो व्यक्ति अनुभव के द्वार खोलने का नियम नहीं सीख
रहा है, वह चाबी खोजने की कोशिश में अनाड़ीपन करता है।
या तो चाबी उसके पास होती नहीं है या फिर इस्तेमाल न
करने की वजह से उसे पता नहीं होता कि यह कहाँ पर है,
इसलिए इसे खोजने की कोशिश में वह समय बर्बाद करता है।
फिर जब तक उसे चाबी मिलती है, तब तक कोई दूसरा आकर
उपहार घर ले जाता है।

बहुत से उपहार पाने के बाद कई बार इंसान आराम करने और इनका आनंद लेने का निर्णय लेता है। वह 40-45 का हो जाता है और उसकी आमदनी स्थिर गति से बढ़ चुकी है। वह मन ही मन सोचता है, "अब आराम करने का समय आ गया है।"

आमदनी बढ़ती रहती है और वह सफल इंसान कहता है : "अब समय आ गया है कि मैं अपने पुरस्कार का आनंद लूँ।"

मुश्किल!

कोई व्यक्ति दरअसल किस वजह से सृजन या काम करता है? यह सोचने से कि वह बहुत ऋणी है और बहुत कम का हक़दार है। लेकिन जब कोई व्यक्ति उस जगह पर पहुँच जाता है, जहाँ वह सोचने लगता है, "मैं बहुत कम ऋणी हूँ और मैं बहुत से का हक़दार हूँ," तो वह घाटी में नीचे गिरने लगता है।

इंसान पर जो सबसे बड़े झूठ लादे गए हैं, उनमें से एक यह है : "सफलता एक पुरस्कार है, जिसका आनंद लिया जाना चाहिए।" मैं एक भी ऐसे व्यक्ति को नहीं जानता, जो अपनी सफलता का इस्तेमाल पुरस्कार की तरह कर रहा हो और वाक़ई ख़ुश हो।

हमें यह बता दिया गया है : "जिसे ज़्यादा दिया गया है, उससे ज़्यादा की अपेक्षा की जाएगी।" सफलता एक पुरस्कार नहीं है, जिसका आनंद लिया जाना चाहिए। यह तो एक दायित्व है, जिसका निर्वाह किया जाना चाहिए।

मैं अमेरिका के ऐसे कई लोगों को जानता हूँ, जो ज़िंदगी भर मछली पकड़ने का आनंद उठा सकते हैं, लेकिन वे

प्रगतिशील रूप से सक्रिय रहना चाहते हैं और काम करने में उन्हें अपनी ज़िंदगी का मज़ा आ रहा है।

यह एक रोमांचक नियम है, क्योंकि इसके अभ्यास से परिस्थितियाँ समय के साथ बेहतर होती चली जाती हैं। अनुभव इकट्ठे करते वक़्त आप अपनी चाबियों का बार-बार इस्तेमाल करते हैं। अंततः आप जान जाते हैं कि कौन सी चाबी से कौन सा दरवाज़ा खुलता है, इसलिए आप फटाफट अंदर पहुँच जाते हैं।

दूसरी तरफ़, अनुभवहीन लोग ताबड़तोड़ अंदाज़ में ढूँढ़ते रहते हैं कि उनके पास चाबी है भी या नहीं। जो बुज़ुर्ग अनुभव के द्वार खोलने का नियम सीख रहा है उसे पहले जितने स्टैमिना की ज़रूरत नहीं है; वह जान गया है कि समस्या के केंद्र तक कैसे पहुँचा जाता है और समाधान कैसे खोजा जाता है।

मेरे जीवन पर असर डालने वाले सबसे प्रगतिशील, सबसे ज़बर्दस्त लोगों की उम्र 60 साल से अधिक थी। कुछ 70 साल के हैं और पिछले साल जिस व्यक्ति के जीवन ने मुझे सबसे ज़्यादा रोमांचित किया, उसकी उम्र 80 से ज़्यादा थी!

जो लोग बूढ़े हो रहे हैं, उनमें से ज़्यादातर लोग इस हसरत में समय बर्बाद कर देते हैं कि काश वे दोबारा युवा बन सकते! मैं दोबारा युवा नहीं होना चाहता हूँ - मैंने बहुत मज़े तो किए, लेकिन मेरी राय में युवावस्था में लोग दुखी होते हैं,

क्योंकि उनके पास सवाल होते हैं, जवाब नहीं होते - कम से
कम मेरा तो यही हाल था।

दूसरी तरफ़ प्रगतिशील बुजुर्गों को देखें : इस तरह का
उल्लास सीनियर सिटीज़न प्रोग्राम को बर्बाद कर सकता है!
मुझे विश्वास है कि इस नियम का अभ्यास करने से आपके
जीवन का हर वर्ष पिछले वर्ष की तुलना में ज़्यादा ज़बर्दस्त
बन सकता है।

शर्म की बात है कि लोग वृद्धावस्था तक विकास करने
के बजाय बूढ़े हो जाते हैं। जो भी व्यक्ति बूढ़ा होता है, वह
अनुभव के द्वार खोलने के नियम का अभ्यास नहीं कर रहा है।
बूढ़े होने का मतलब है कि आप विकास नहीं कर रहे हैं और
भटक रहे हैं। इसका मतलब है उथला बनना, आलोचनात्मक
बनना और अकृतज्ञ बनना। लेकिन अगर आप विकास करके
बुजुर्ग होते हैं, तो आप ज़्यादा गहरे, ज़्यादा समृद्ध और ज़्यादा
पूर्ण बन रहे हैं। जब आप अनुभव के द्वार खोलने के नियम
का अभ्यास करते हैं, तो विकास करके बुजुर्ग होना रोमांचक
होता है।

देखिए, अनुभव के द्वार खोलने के अलावा इस नियम को
सीखने का कोई तरीक़ा नहीं है। मुझे शुरुआती दिनों में ज़्यादा
कारोबार नहीं मिला, लेकिन निश्चित रूप से मेरे बहुत से संपर्क
बने और इन संपर्कों से मुझे बहुत सा अनुभव मिला, जिससे
अंततः मुझे बहुत सारा कारोबार मिला।

यह एक ऐसा नियम है, जिसका कोई शॉर्टकट नहीं
है। आपको मुख्य मार्ग पर भीड़ के बीच से गुज़रना होता है,
लेकिन यह आपको उस मंज़िल तक ले जाता है, जहाँ आप
पहुँचना चाहते हैं।

नेतृत्व का छठा नियम :

लचीली योजना बनाएँ

यह प्लानर और ऑर्गेनाइज़र का युग है। आप किसी सेमिनार में जाते हैं और वहाँ किसी प्रगतिशील वक्ता की बात सुनते हैं : "मुझे योजना बनाने वाला इंसान दिखा दें और मैं आपको एक सफल इंसान दिखा दूँगा।" मैं कहता हूँ (ज़ाहिर है, ख़ुद से), "मुझे ऐसी बात कहने वाला इंसान दिखा दें और मैं आपको एक मूर्ख इंसान दिखा दूँगा।"

कभी भी यह न सोचें कि योजना बनाने भर से आप कामयाब हो जाएँगे। मैं बेहतरीन योजनाएँ बनाता था, लेकिन इस चक्कर में मैं आधा दर्जन बार दिवालिया होते-होते बचा। योजना बनाना सही जवाब नहीं है!

आपने उस दुखी व्यक्ति का आर्तनाद सुना होगा, "मैं कोई भगोड़ा नहीं हूँ। मैंने छह योजनाएँ बनाकर देखी हैं, लेकिन मैं अब भी हार नहीं मान रहा हूँ। मैं एक और योजना बना रहा हूँ। अगर यह योजना नाकाम रही, तो मैं हाथ जोड़ लूँगा।" मैं उसे एक बात बताना चाहता हूँ। वह पहले ही हाथ जोड़ चुका है!

देखिए, मैं योजना बनाने में विश्वास करता हूँ, लेकिन कुंजी "योजना बनाना" नहीं है, बल्कि लचीली योजना बनाना है। योजना बनाएँ - लचीली योजना बनाएँ।

आँकड़े विवेक का विकल्प नहीं हैं।

—हेनरी क्ले

क्या आप जानते हैं कि लचीली योजना बनाने का क्या मतलब होता है? इसका मतलब है : जो भी चीज़ ग़लत हो सकती है... वह ग़लत हो जाएगी! यह सही है! चूँकि हम जानते हैं कि जो भी चीज़ ग़लत हो सकती है, वह ग़लत समय पर ग़लत हो सकती है, इसलिए लचीला नियोजन कहता है : अपनी योजना के ग़लत होने की योजना बनाएँ, ताकि आपके पास एक वैकल्पिक योजना रहे, क्योंकि "यह मेरी योजना है!"

क्या आप जानते हैं कि बहुत सारे लोग इसलिए दुखी रहते हैं, क्योंकि वे हर चीज़ के सही होने की उम्मीद करते हैं? वे दुखों को आमंत्रित कर रहे हैं! मैं चीज़ों के ग़लत होने की उम्मीद करता हूँ, इसलिए मैं सारे समय प्रफुल्लित रहता हूँ! एक चतुर आदमी ने मुझसे पूछा था : "अगर कोई चीज़ सही हो जाए, तब आप क्या करेंगे?" जवाब आसान है; मैं इसे भी योजना में शामिल कर सकता हूँ। इससे मुझे आज तक कोई समस्या नहीं हुई!

इसे कल सुबह दिन शुरू करते वक़्त आज़माएँ। कहें, "ईश्वर, आज मेरी तरफ़ कुछ दुखद समस्याएँ भेजो।" मैंने ऐसा

किया है और कुछ समय बाद ही मुझे यह कहना पड़ा है, "आपने निश्चित रूप से बहुत जल्दी प्रार्थना का जवाब दे दिया।" आप कह सकते हैं कि आपको ऐसी प्रार्थना करने की ज़रूरत नहीं है – दुखद समस्याएँ इसके बिना ही आपके सामने आ जाती हैं। लेकिन मेरी तरह आप उनके लिए तैयार नहीं हैं, है ना?

मुझे याद है, जब मैं इस कारोबार में आया था, तो मुझे प्रॉडक्ट के बारे में जानकारी दी गई और बिक्री का प्रशिक्षण दिया गया। मैं मैदान में उतरने के लिए बेताब और बेकरार था। आख़िरकार वह बड़ा दिन आ ही गया और मैंने मैनेजर से पूछा, "मैं सामान किसे बेचूँ?" उनका जवाब था, "पूरा संसार आपका बाज़ार है!" पूरा संसार, वाह!

लेकिन मैं अव्यवस्थित था। मैं उस टैक्ससवासी की तरह था, जो हड़बड़ी में हवाई अड्डे पहुँचकर बोला, "मुझे एक टिकट दे दो!" एजेंट ने टिकट उलटते-पलटते हुए पूछा, "कहाँ का?" टैक्ससवासी ने कहा, "इससे कोई फ़र्क़ नहीं पड़ता - मुझे हर जगह काम है।"

दुविधा इसी का नाम है! मैं इसमें माहिर था। मैं अपनी कार में कूदकर बैठता था और बदहवासी में मैनेजर के ऑफ़िस पहुँचता था। मैं तुरंत उनसे कहता था, "मेरे सामने एक समस्या है।" उनका जवाब होता था, "मैं तुम्हें बता देता हूँ कि तुम्हारी समस्या क्या है; तुम्हारी समस्या नियोजन है।" मैं सोचता था, "ओह, वे कितने चतुर हैं! मैंने तो उन्हें समस्या बताई भी नहीं और उन्होंने मुझे जवाब बता दिया!"

यह काफ़ी अच्छा था, जब तक कि यह बीसवीं बार नहीं हुआ; तब कहीं जाकर मुझे अहसास हुआ कि यह घिसा-पिटा बिक्री संवाद था। आप घिसे-पिटे बिक्री संवाद में आने वाली

हमारी सारी विपदाओं और मुश्किलों में इस बात से तसल्ली की जा सकती है कि जिसने कोई चीज़ खोकर बुद्धिमानी पाई है, वह नुक़सान में नहीं बल्कि लाभ में है।

—सर रॉजर ले'एस्ट्रेंज

समस्या जानते हैं? ग्राहकों को यह पता नहीं होता कि उन्हें क्या बोलना है।

हमें लचीला नियोजन सीखने की ज़रूरत है। जो व्यक्ति विकास कर रहा है, उसकी निशानी यह समझ है कि हमें ज़्यादा सही बनाने के लिए परिस्थितियाँ ग़लत होती हैं। ईश्वर जब तक किसी को दोबारा न बनाना चाहता हो, तब तक वह समस्याओं से किसी इंसान को कभी नहीं तोड़ता।

जंगली घोड़ा पहाड़ी पर सुंदर दिख सकता है, जब उसके बाल हवा में उड़ रहे हों, लेकिन उसका तब तक ज़्यादा उपयोग नहीं है, जब तक कि कोई उसे बदलकर इस क़ाबिल न दे, ताकि वह बोझ खींच सके या सवार को कहीं ले जा सके। न ही कोई व्यक्ति तब तक ज़्यादा उपयोगी है, जब तक कि टीमवर्क में उसका दोहन न किया जाए और मार्गदर्शन से उसे अनुशासित न किया जाए। ईश्वर मनुष्य को प्रशिक्षित इसलिए करता है, ताकि वह उन्मुक्त दौड़ सके। यह एक पुराना नियम है; आप इससे लड़ तो सकते हैं, लेकिन इसे कभी बदल नहीं पाएँगे।

कल्पना करें कि हमारा जीवन कितना उथला होगा, अगर ईश्वर ऐसी परिस्थितियाँ न भेजे, जो उस पल तो विनाशकारी लगती हैं, लेकिन बाद में समृद्धिदायक और अर्थपूर्ण साबित होती हैं।

मेरे एक कर्मचारी ने मुझसे कहा था, "मैं छोड़ रहा हूँ।" मैंने उससे पूछा क्यों। "देखिए, मैं नहीं सोचता कि यह मेरे लिए ईश्वर की मर्ज़ी है। परिस्थितियाँ भयंकर हैं।" मैंने पूछा, "परिस्थितियाँ भयंकर हैं? इसका मतलब है कि आप ठीक वहीं हैं, जहाँ आपको होना चाहिए! इससे आप सफल बन सकते हैं!"

मैं कभी उस बड़ी बिक्री को नहीं भूल पाऊँगा, जो मैंने कारोबार में आने के तीन साल बाद की थी। वाह! मेरी पाँचों अँगुलियाँ घी में थीं! उस बिक्री के मुनाफ़े से हमने एक बड़ा, सुंदर मकान बना लिया। लेकिन कई बार पेंशन प्रकरणों में पेंच फँस जाते हैं और यहाँ एक बड़ा पेंच फँस गया। अंततः मुझे अपनी सारी कमाई लौटानी पड़ी, लेकिन वह शानदार घर मेरे गले का फंदा बन गया।

यह मेरे साथ हमेशा हुआ है। इसलिए मैं यह सीखता जा रहा हूँ कि मैं जीवन में यह तो तय नहीं कर सकता कि मुझे कब लात पड़ेगी, लेकिन मैं यह ज़रूर तय कर सकता हूँ कि जब भी लात पड़ेगी, तो उसके बाद मैं किस रास्ते पर जाऊँगा।

मुझे लगता है कि नीचे गिरे बिना विकास करके ऊपर उठने का कोई तरीक़ा नहीं है। अपमानों के बिना इंसान विनम्र नहीं बनता है। यदि कोई इंसान लचीले नियोजन के नियम को नज़रअंदाज़ करता है, तो वह बहुत कुंठित और कटु बन जाता है।

मैंने एक लड़के के बारे में सुना, जो हाई स्कूल की पढ़ाई पूरी करने के बाद एक किराना स्टोर में काम करने लगा। दो सप्ताह बाद उसके डैडी ने कहा, "बेटा, चलो अब कॉलेज के बारे में बात करते हैं।"

"ओह डैडी, मैंने आपको नहीं बताया क्या? मैं कॉलेज नहीं जा रहा हूँ।"

"तुम कॉलेज नहीं जा रहे हो? क्यों?"

"मैं कॉलेज इसलिए नहीं जा रहा हूँ, क्योंकि मुझे अपनी ज़िंदगी का मनचाहा काम मिल गया है।"

"तुम्हारा क्या मतलब है - तुम्हें ज़िंदगी का मनचाहा काम मिल गया है?"

उसने कहा, "देखिए, मैं वहाँ ट्रक चलाता हूँ और मुझे किराना बाँटने वाला ट्रक चलाने से प्रेम है। बॉस ख़ुश है; उसने मेरी तनख़्वाह अभी-अभी बढ़ा दी है! यह सचमुच अद्भुत काम है।"

"देखो बेटे, तुम सारी ज़िंदगी ट्रक चलाने और किराना पहुँचाने के अलावा भी कुछ कर सकते हो।"

लड़के ने कहा, "एक मिनट ठहरें। आप ही ने तो मुझे बताया था कि ज़िंदगी का मक़सद ख़ुश होना है?"

"हाँ।"

"देखिए, मैं ख़ुश हूँ और मैं यही करने जा रहा हूँ। मैं कॉलेज नहीं जा रहा हूँ!"

देखिए, डैडी अपनी ख़ुद की अदूरदर्शिता के शिकार थे। जीवन ख़ुश रहने के बारे में नहीं है; यह तो विकास करने के बारे में है। डैडी को अहसास हुआ कि उन्हें कोई दूसरी नीति अपनानी होगी। सोलह साल के लड़के को जवाब बताने से कोई फ़ायदा नहीं था, क्योंकि उसे लगता था कि उसे सारे जवाब मालूम हैं! इसलिए डैडी किराने की दुकान में जाकर बोले, "जॉन, तुम मेरे बेटे को नौकरी से निकालने वाले हो।"

"आपका क्या मतलब है, आपके बेटे को नौकरी से निकालने वाला हूँ? मैंने उस जैसा लड़का आज तक नहीं देखा। वह सबसे अद्भुत लड़का है, जो मैंने देखा है। मैंने अभी-अभी उसकी तनख़्वाह बढ़ाई है। वह उस ट्रक को चमकाकर रखता है; लोगों को ख़ुश रखता है। वाह, यह बेहतरीन है।"

"देखो, वह कॉलेज नहीं जा रहा है," पिता ने कहा, "और अगर तुमने उसे नौकरी से नहीं निकाला, तो उसकी ज़िंदगी तबाह हो जाएगी, जिसके लिए तुम ज़िम्मेदार होगे।"

किराने वाला समझ गया कि अब उसे कुछ करना होगा। शुक्रवार को जब लड़का अपनी तनख़्वाह लेने आया, तो किराने वाले ने कहा, "एक मिनट ठहरो!" लड़के ने पूछा, "हाँ?" उसने कहा, "तुम्हें नौकरी से निकाला जाता है।"

"मैंने क्या किया?"

"तुम्हें नौकरी से निकाला जाता है।"

"क्या गड़बड़ हो गई?"

"तुम्हें नौकरी से निकाला जाता है!"

"क्या?"

"तुम्हें नौकरी से निकाला जाता है!"

लड़के को समझ में आ गया कि उसे नौकरी से निकाल दिया गया था। वह बहुत निराशा में घर पहुँचा। उसने कहा, "ठीक है, डैडी। मैं कॉलेज जा रहा हूँ।"

यह एक सच्ची कहानी है। लगभग तीस साल बाद जब वही लड़का एक अग्रणी विश्वविद्यालय का प्रेसिडेंट बना, तो उसने अपने डैडी से कहा, "मैं आपको उस वक़्त के लिए धन्यवाद देता हूँ, जब आपने मुझे नौकरी से निकलवाया था।"

लगन और शिष्टाचार दो महान गुण हैं, जो सभी उच्चाकांक्षी लोगों के लिए सबसे मूल्यवान हैं, लेकिन ख़ास तौर पर उन लोगों के लिए, जो भीड़ से अलग चलना चाहते हैं।

—बेंजमिन डिज़राइली

देखिए, सीखने के लिए यह एक मुश्किल समय है, लेकिन लचीले नियोजन का नियम कहता है कि आप अपनी निराशाओं और दुखों से फ़ायदा उठाएँ, वरना आप जीवन में सर्वश्रेष्ठ को चूक जाएँगे। जो चीज़ें ग़लत हो सकती हैं, उन्हें अपनी योजना का हिस्सा बनाएँ। इस तरह आप उस जगह से काफ़ी आगे निकल आएँगे, जब आप किसी चीज़ के मनचाहे तरीक़े से होने का इंतज़ार कर रहे थे।

देखिए, इसका यह मतलब नहीं है कि आपको योजना नहीं बनाना चाहिए। चार्ल्स श्वाब तब बेथलेहम स्टील के प्रेसिडेंट थे। वे एक असाधारण प्रबंधन परामर्शदाता आईवी ली से मिले। ली ने श्वाब को बताया कि उनकी परामर्शदाता फ़र्म श्वाब की कंपनी के कार्यसंचालन को बेहतर बना सकती है।

श्वाब ने कहा कि वे और उनके कर्मचारी जानते हैं कि कितना कुछ करना है; वे तो बस यह नहीं जानते थे कि चौबीस घंटों में यह सब कैसे करें। ज़रूरत "ज़्यादा जानने की नहीं, बल्कि ज़्यादा करने की" थी।

श्वाब ने कहा, "अगर आप हमें कोई तरीक़ा बता सकें जिससे ज़्यादा काम हो सके, तो मुझे आपकी बात सुनकर ख़ुशी होगी। और, अगर यह कारगर रहा, तो मैं आपको उतना भुगतान दूँगा, जितना आप तर्क के भीतर माँगेंगे।"

ली ने जवाब दिया, "अगर आप यही चाहते हैं, तो मैं आपको एक तरीक़ा बताता हूँ, जिससे आपकी और इस पर अमल करने वाले हर व्यक्ति की प्रबंधन कुशलता कम से कम पचास प्रतिशत बढ़ जाएगी।"

उन्होंने श्वाब को एक कोरा काग़ज़ थमाया और कहा, "कल आपको जो सबसे महत्त्वपूर्ण काम करने हैं, उन्हें लिख

लें।" श्वाब ने ऐसा ही किया; इसमें लगभग पाँच मिनट लगे।

फिर ली ने कहा, "अब उन्हें उनके सच्चे महत्त्व के क्रम में जमाकर संख्या डाल लें।" इसमें थोड़ा ज़्यादा समय लगा, क्योंकि श्वाब सही क्रम सुनिश्चित करना चाहते थे।

अंत में ली ने निर्देश दिया, "कल सुबह सबसे पहले अपने पहले बिंदु पर काम शुरू करें, और तब तक करते रहें, जब तक कि यह पूरा न हो जाए। फिर इसी तरह दूसरे बिंदु पर काम करें। फिर तीसरे बिंदु पर और इसी तरह। अगर आप हर चीज़ निर्धारित समय पर पूरी न कर पाएँ, तो चिंता न करें। कम से कम आपके सबसे महत्त्वपूर्ण प्रोजेक्ट पूरे हो जाएँगे और कम महत्त्वपूर्ण काम ही अधूरे रहेंगे। कल के लिए आपने जितने कामों की योजना बनाई है, अगर आप इस प्रणाली से उन सबको पूरा नहीं कर पाते, तो आप ऐसा किसी दूसरी प्रणाली से भी नहीं कर सकते थे। इस प्रणाली के बिना आपको शायद अपने निर्धारित काम पूरे करने में ज़्यादा समय लगेगा और वे काम नज़रअंदाज़ भी हो सकते हैं, जो आपके और आपकी कंपनी के लिए सचमुच मूल्यवान हैं।"

"इसे हर कामकाजी दिन करें," ली ने आगे कहा। "जब आपको इस प्रणाली के महत्त्व का विश्वास हो जाए, तो फिर अपने कर्मचारियों से इसका अभ्यास करने को कहें। जितने लंबे समय तक चाहें, इसे आज़माकर देख लें और फिर आपको यह विचार जितना मूल्यवान लगे, उतने का चेक मुझे भेज दें।"

कुछ ही हफ़्तों बाद चार्ल्स श्वाब ने आईवी ली को 25,000 डॉलर का चेक भेज दिया।

श्वाब ने कहा था कि उन्होंने अपने कारोबारी करियर में इससे ज़्यादा लाभदायक सबक़ नहीं सीखा। बाद में यह कहा

गया था कि इसी प्रणाली की बदौलत एक छोटी सी स्टील कंपनी बाद में संसार की सबसे बड़ी स्टील उत्पादक कंपनी बनी। इससे चार्ल्स श्वाब को करोड़पति बनने में भी मदद मिली।

यह उपलब्ध समय का अधिकतम लाभ उठाने के लिए अपने दिन की योजना बनाने का बड़ा आसान तरीक़ा है, हालाँकि यह किसी लक्ष्य को हासिल करने की रणनीति नहीं है। उसके लिए आपको लचीले नियोजन की ज़रूरत होती है।

लचीले नियोजन का मतलब एक ऐसी योजना बनाना है, जो आपको मुक्के सहने की शक्ति दे, अनुकूलन और तालमेल बैठाने में सक्षम बनाए। ग़लत होने वाली चीज़ों का लाभ उठाना सीखें; उन्हें प्रगति की सीढ़ियाँ बनाना सीखें। इससे "ग़लत" चीज़ें "सही" हो जाती हैं, एक ऐसा परिवर्तन जिसका महत्त्व हर व्यक्ति को पहचानना चाहिए।

नेतृत्व का सातवाँ नियम :

प्रोत्साहित करने के लिए प्रोत्साहित बनें

आज हम प्रोत्साहन करने वालों से घिरे हुए हैं – व्यक्ति और वस्तुएँ लोगों को किसी प्रॉडक्ट को ख़रीदने के लिए, सलाह का भुगतान करने के लिए या किसी उद्देश्य से जुड़ने के लिए

हो सकता है कि आपकी परिस्थितियाँ अनुकूल न हों, लेकिन वे लंबे समय तक ऐसी नहीं रहेंगी, अगर आप किसी आदर्श का लक्ष्य बनाएँ और उस तक पहुँचने की कोशिश करें। अगर आप अंदर यात्रा करते हैं, तो आप बाहर स्थिर नहीं खड़े रह सकते।
—जेम्स लेन एलन

प्रोत्साहित करने की होड़ कर रहे हैं। प्रोत्साहन कक्षाएँ खचाखच भरी रहती हैं और प्रोत्साहन की पुस्तकें बेस्टसेलर बन जाती हैं। प्रोत्साहन बहुत बड़ा कारोबार है!

लेकिन इन प्रोत्साहन करने वालों को ग़ौर से देखें - कुछ इस मुक़ाम पर पहुँच जाते हैं, जहाँ वे किसी को कोई भी चीज़ करने के लिए प्रोत्साहित कर सकते हैं और सफलता उनके चेहरे से टपाटप बरसती रहती है, लेकिन वे दुखी रहते हैं, क्योंकि वे यह सीखना भूल गए कि ख़ुद को प्रोत्साहित कैसे करना है!

आप क्या बनना ज़्यादा पसंद करेंगे - दुखी लेकिन प्रोत्साहित करने में सफल इंसान या फिर ख़ुश लेकिन प्रोत्साहित करने में नाकाम इंसान? मैं तो ख़ुश, लेकिन प्रोत्साहित करने में नाकाम इंसान बनना ज़्यादा पसंद करूँगा।

अगर मैं प्रोत्साहित रहना सीख रहा हूँ, तो मैं अंततः दूसरों को सफलतापूर्वक प्रोत्साहित कर लूँगा और यह करने में मुझे ख़ुशी मिलेगी। जो प्रोत्साहित करने वाला इंसान ख़ुद के सिवा हर एक को प्रोत्साहित कर सकता है, वह संसार तो जीत सकता है, लेकिन उसे कभी इसमें आनंद नहीं आएगा।

मुझे बहुत अच्छी तरह याद है कि युवा सेल्समैन के रूप में यह मेरी महान इच्छा थी कि मैं लोगों को प्रोत्साहित करने में माहिर बन जाऊँ। मैं अपना प्रशिक्षण पूरा करने के लिए बेकरार था, ताकि मैं अपनी प्रोत्साहित करने वाली योग्यताओं का भरपूर इस्तेमाल कर सकूँ। मेरी सेल्स प्रस्तुतियाँ

शक्तिशाली थीं, वास्तव में वे इतनी शक्तिशाली थीं कि मुझे उनकी शक्ति को कम करना पड़ा, वरना संभावित ग्राहक ख़रीदने से पहले ही हार्ट अटैक से मर सकता था। मैं जानता था कि कोई भी इंसान इसके तर्कों, लाभों, सुरक्षा, मानसिक शांति का प्रतिरोध नहीं कर सकता था – संसार में ऐसी कोई समस्या नहीं थी, जिसे मेरी प्रस्तुति न सुलझा सकती हो!

मुझे याद है, मैं यह उम्मीद करता था कि संभावित ग्राहक मेरे हाथ से पेन छीन लेगा और लाइन पर हस्ताक्षर कर देगा... लेकिन अफ़सोस, उसने ऐसा कभी नहीं किया। सबसे आकर्षक हिस्से पर मेरा संभावित ग्राहक उबासी लेता था या इस तरह के ज़ोरदार कथन से मेरी बात काट देता था, "मेरे पास पहले ही बहुत ज़्यादा बीमा है," या "मेरे पास दोहरी पहचान के साथ 5,000 डॉलर हैं!"

मेरा दिल ज़मीन पर गिरकर चूर-चूर हो जाता था। मैं इतना नीचे था कि तलहटी भी मुझसे ऊपर दिखती थी। आपने कभी किसी युवा सेल्समैन को इतना हताश नहीं देखा होगा, जितना कि मैं था। मैंने जल्दी ही यह सीखना शुरू किया कि मेरी समस्या यह नहीं थी कि मैं लोगों को कैसे प्रोत्साहित करूँ – मेरी समस्या तो यह थी कि उन्हें मुझे हतोत्साहित करने से कैसे रोकूँ!

कई बार तो मैं इतना हतोत्साहित हो जाता था कि बॉस के कंधे पर सिर रखकर रोने लगता था। तब मुझे पता चला कि वे तो मुझसे भी ज़्यादा हताश हैं! संभावित ग्राहक मुझे हतोत्साहित कर रहे थे, बॉस मुझे हतोत्साहित कर रहे थे, मित्र मुझे हतोत्साहित कर रहे थे, और मैं कई बार सोचता था कि मेरी पत्नी भी मुझे हतोत्साहित कर रही थी।

कई बार सेमिनार में कोई व्यक्ति आकर बुदबुदाता था, "तुम जानते हो मैं सफल क्यों नहीं हूँ? मेरी पत्नी बहुत बुरी है।"

इन लोगों को झटके देने में मुझे मज़ा आता था, "क्या आपकी पत्नी सचमुच बहुत बुरी है? देखिए, आप नहीं जानते कि आप कितने ख़ुशक़िस्मत हैं। किसी पुरुष के पास जो सबसे अच्छी संपत्ति हो सकती है, वह है बहुत बुरी पत्नी! अगर मेरी पत्नी सहानुभूतिपूर्ण होती, जब मैं घर लौटता और उसे बताता कि परिस्थितियाँ कितनी दुखद हैं और वह कहती, 'ओह, मेरा बच्चा, यहाँ मम्मी के साथ घर पर रहो और मैं तुम्हारी देखभाल कर लूँगी,' तो क्या होता? हम फुटपाथ पर पड़े हमारे फ़र्नीचर के बीच एक दूसरे को तसल्ली दे रहे होते!"

अगर आपके पास सताने वाली पत्नी है, तो आप काम करते रहेंगे या फिर वह आपको याद दिला देगी कि आप बहुत मूर्ख थे, जो आपने वह काम किया। लेकिन अगर आपके पास बहुत बुरी पत्नी न हो, तो भी हताश न हों; शायद आप इस ख़ुशक़िस्मती के बिना भी कामयाब हो सकते हैं।

मैं मज़ाक़ कर रहा हूँ, लेकिन मैं यह स्पष्ट करना चाहता हूँ कि अगर आप प्रोत्साहित होना सीख रहे हैं, तो ऐसी कोई बाधा नहीं है, जिससे आप उबर न सकें। मुझे पूरा विश्वास है कि आपके जीवन को स्पर्श करने वाली हर चीज़ का उद्देश्य आपको ज़्यादा प्रोत्साहित बनाना है - जो दूसरों को ज़्यादा ऊँचे लक्ष्यों तक पहुँचने के लिए प्रोत्साहित कर सके।

कुछ लोग पूछते हैं कि प्रोत्साहित रहने का मेरा राज़ क्या है। देखिए, मैंने इसे नहीं खोजा था - इसने मुझे खोजा था। बिक्री के करियर में मेरे पहले पाँच सालों के दौरान मेरी

उपलब्धियों में से एक यह थी कि मैंने पाँच वर्ष तक हर सप्ताह परिणाम दिए थे। इसका मतलब यह है कि मेरा एक भी सप्ताह ऐसा नहीं गुज़रा, जब मैंने कोई पॉलिसी न बेची हो। यह प्रभावशाली लगता है, लेकिन यह पूरी सच्चाई नहीं है।

पूरी सच्चाई यह है कि मैं लक्ष्यों में यक़ीन करता था, इसलिए मैंने क़सम खाई कि मैं हर सप्ताह एक पॉलिसी बेचूँगा और अगर नहीं बेच पाया, तो ख़ुद ख़रीद लूँगा। मैं आपको बता दूँ, 22 पॉलिसी ख़रीदने के बाद मैं प्रोत्साहित होने लगा! तब मुझे यह अहसास कहाँ था कि एक छोटी सी क़सम का ज़िंदगी भर मेरे काम पर सबसे ज़्यादा प्रभाव पड़ेगा। उस क़सम की मुझे जो क़ीमत चुकानी पड़ी, उसकी बदौलत मैं संलग्नता और समर्पण सीखने लगा।

कुछ लोग अपने काम में संलग्न तो हो जाते हैं, लेकिन समर्पित नहीं होते। बाक़ी समर्पित तो होते हैं, लेकिन गहराई से संलग्न नहीं होते। दोनों चोली और दामन की तरह साथ-साथ चलते हैं और मुझे विश्वास है कि आप जिस काम में भी संलग्न हैं, उसमें पूरी तरह समर्पित हुए बिना प्रोत्साहित बनना सीखने का कोई तरीक़ा नहीं है!

मुझे जो सबसे बड़े प्रोत्साहन मिले हैं, वे मेरे ख़ुद के हृदय और घर से आए हैं। किसी और का अनुभव या कहानी आपको उतनी गहराई से कभी प्रोत्साहित नहीं कर सकती, जितनी आपकी ख़ुद की कहानी कर सकती है।

एक संभावित ग्राहक ने कहा कि उसका बीमा बहुत ज़्यादा था। मैंने उससे कहा कि वह दरअसल बीमे में समृद्ध था। लेकिन घर पर एक छोटे से प्रसंग से मैंने इससे भी ज़्यादा असरदार चीज़ सीखी। इस अनुभव ने मुझे बीमा-समृद्ध

संभावित ग्राहक के साथ तहेदिल से सहमत होने की अनुमति दी, लेकिन मुझे उसे बढ़ाने का अतिरिक्त प्रोत्साहन भी दिया।

मेरा बेटा जेरे उस वक़्त छह साल का था। वह एक दिन आँगन से आया और गला फाड़कर अपनी मम्मी को आवाज़ लगाने लगा। उस समय मैं ऑफ़िस में काम कर रहा था और ज़ाहिर है, इससे मेरा ध्यान भटक गया (ऑफ़िस दरअसल हमारे लिविंग रूम में ही था – हमने फ़र्नीचर हॉल के गलियारे में लगा दिया था)।

जब जेरे ने अपनी आवाज़ थोड़ी और बुलंद की, तो मैंने सोचा, "मैं सफल होने का इंतज़ार नहीं कर सकता, क्योंकि तब मैं शहर के बीचोंबीच एक शानदार ऑफ़िस ले लूँगा, जहाँ मैं शानदार तरीक़े से असफल हो सकूँ।"

आख़िरकार जेरे हार मानकर चुप हो गया। तभी ग्लोरिया तलघर से ऊपर आई, जहाँ वह वॉशर चला रही थी। उसने पूछा, "तुम क्या चाहते थे, जेरे?" उसने जवाब दिया, "कुछ नहीं; बस यह जानना चाहता था कि आप कहाँ हो।"

मैंने यह कहानी हज़ारों बार बताई है, क्योंकि इससे पता चलता है कि मैं उन बाईस पॉलिसियों पर प्रीमियम क्यों चुकाता हूँ। मैं कभी अपने छह बच्चों को विरासत में कोई साम्राज्य या भारी रियल एस्टेट या शेयरों का भीमकाय पोर्टफ़ोलियो छोड़कर नहीं जा सकता, लेकिन मैं उन्हें एक बेशक़ीमती तोहफ़ा दे रहा हूँ; एक पूर्णकालिक माँ। मेरे जीवन बीमे की वजह से छहों बच्चे अपनी माँ को आवाज़ लगाते हुए आ सकते हैं, क्योंकि वे जानते हैं कि वे घर में ही कहीं होंगी, हालाँकि वे जवाब नहीं दे रही हैं।

एक और समय मैं कुर्सी पर बैठकर अख़बार पढ़ रहा था, तभी आठ साल की पैम ने अपना छोटा सुनहरा सिर मेरी बाँह तले लगा लिया और मेरी गोद में हिलने-डुलने लगी। मैं पढ़ता रहा और फिर उसने कुछ शब्द कहे, जिन्होंने लाखों डॉलर का जीवन बीमा बेचने में मेरी मदद की।

अपनी बड़ी, दुख भरी आँखों से मुझे देखते हुए वह बोली, "डैडी, अगर आप मुझे कभी छोड़कर नहीं जाएँगे, तो मैं भी आपको कभी छोड़कर नहीं जाऊँगी।" मैं यह तो नहीं समझ पाया कि उसने ये शब्द क्यों कहे, लेकिन मेरे मन में तुरंत यह विचार आया, "देखो मेरी प्यारी बच्ची, मैं तुम्हें कभी छोड़कर नहीं जाऊँगा, लेकिन अगर ईश्वर की ऐसी मर्ज़ी न हुई, तो कम से कम मैं तुम्हें तंगी में छोड़कर तो नहीं जाऊँगा।"

बरसों पहले मैंने सीखा था कि दो तरह के डैडी होते हैं, देखने वाले और रखने वाले। देखने वाले डैडी कहते हैं, "मैं चाहता हूँ कि मेरे परिवार के पास हर वह चीज़ रहे, जो मैं उन्हें दे सकता हूँ, जब तक कि मैं यह देखने के लिए यहाँ पर हूँ।" रखने वाले डैडी कहते हैं, "मैं चाहता हूँ कि यह उनके

कोई भी इंसान संघर्ष करके शिखर तक नहीं पहुँच सकता या शिखर पर बना नहीं रह सकता, जब तक कि वह पूरी दृढ़ता, साहस, संकल्प, दृढ़ निश्चय का इस्तेमाल नहीं करे। जो भी इंसान कहीं पहुँचता है, इसलिए पहुँचता है, क्योंकि उसने पहले संसार में प्रगति करने का दृढ़ संकल्प लिया और फिर इतनी लगन दिखाई कि उसने अपने संकल्प को वास्तविकता में बदल लिया। संकल्प के बिना कोई भी मनुष्य अपने साथी इंसानों के बीच महत्त्वपूर्ण स्थान नहीं जीत सकता।

—बी.सी. फोर्ब्स

पास रहे, चाहे मैं इसे देखने के लिए रहूँ या न रहूँ।"

यह समर्पण और संलग्नता की बदौलत हुआ ।

आप कहते हैं, "मैं बीमे के क्षेत्र में नहीं हूँ," या "मेरे पास बेचने का करियर नहीं है।" सुनें, जिन सिद्धांतों के बारे में हम बात कर रहे हैं, वे विद्यार्थी, पत्नी, ऑफ़िस के कर्मचारी, सेल्समैन या आप जो भी हों सबके लिए समान हैं।

आपके जीवन की बड़ी चीज़ें और भी बड़ी होंगी, अगर आप प्रोत्साहित बनने में अपनी मदद करने के लिए उनका लाभ लें। याद रखें, आप साम्राज्य का नहीं, बल्कि अपने जीवन का निर्माण कर रहे हैं। मेरे एक बहुत अच्छे मित्र ने इसी बात में घालमेल कर दिया और इस वजह से लगभग हर मूल्यवान चीज़ गँवा दी।

मैंने कई लोगों को कहते सुना है, "मैं अपने कारोबार को पहले स्थान पर रखता हूँ," और बाक़ी लोगों को यह कहते सुना है, "मैं अपने परिवार को पहले स्थान पर रखता हूँ।" कुछ कहते हैं, "मैं अपने चर्च को पहले स्थान पर रखता हूँ।" (सच्चाई यह है कि शायद वे ख़ुद को पहले स्थान पर रखते हैं।) लेकिन मैंने पाया है कि मेरे परिवार के लिए सबसे अच्छे सबक़ मेरे कारोबार और चर्च से आए हैं। चर्च के लिए सबसे अच्छे सबक़ मेरे परिवार और कारोबार से आए हैं।

मेरे बेटे जेफ़ ने मुझे मेरी ज़िंदगी का सर्वश्रेष्ठ प्रोत्साहन प्रशिक्षण दिया था। जब जेफ़ छह साल का था, तो मैंने उससे पूछा कि वह अपनी ज़िंदगी में क्या करना चाहता है। अब यह बात समझ लें, छह साल का लड़के को ज़रा भी अंदाज़ा नहीं था कि वह अपनी ज़िंदगी में क्या बनना चाहता था!

जब मैं छह साल का था, तो मैं जानता था कि मैं क्या करना चाहता था। एक दिन मैं योद्धा पायलट बनना चाहता था, अगले दिन मैं फ़्रांसीसी विदेशी सेनापति बनना चाहता था। मैं बॉक्सर बनना चाहता था। मैं पुलिस वाला बनना चाहता था। मैं हमेशा कुछ न कुछ बनना चाहता था। जेफ़ नहीं; वह इतनी उम्र होने के बावजूद अनिश्चय में था।

इसलिए मैंने कहा, "जेफ़, हम एक छोटा सा प्रोजेक्ट करने जा रहे हैं। यहाँ पर बॉयज़ लाइफ़ है - तुम कोई काम चुन लो। पार्टनर, तुम कोई काम करने जा रहे हो।" अगले दिन उसने सब कुछ तय कर लिया : वह जूनियर एक्ज़ीक्यूटिव सेल्स क्लब ऑफ़ अमेरिका में शामिल हो रहा था। उसने कूपन भरकर भेज दिया।

मैंने पाया है कि बच्चे कुछ करने के लिए बुरी तरह बेताब हैं! वे कुछ करना चाहते हैं। उन्हें किसी से ज़्यादा मार्गदर्शन नहीं मिल रहा है - जो मिल रहा है, वह ग़लत मिल रहा है।

दो सप्ताह बाद जब मैं घर लौटा, तो जेफ़ ने दरवाज़े पर मेरा स्वागत किया, "देखो, डैडी।" वहाँ पर ग्रीटिंग कार्डों का बहुत बड़ा बक्सा था। मैंने उसे खोला। वहाँ पर एक बैज था, परिचय पत्र था और एक नोटिस था, जिस पर लिखा था, "30 दिन में पैसे भेज दें।" जेफ़ ने कहा, "अब मैं क्या करूँ?" मैंने कहा, "देखो, सबसे पहले तो तुम्हें सेल्स टॉक सीखनी होगी।"

हर रात मैं घर लौटता था और जेफ़ पूछता था, "डैडी, क्या मैं तैयार हूँ?" मैं पलटकर सवाल करता था, "क्या तुमने सेल्स टॉक याद कर ली?" उसका जवाब होता था, "नहीं।" इस पर मैं कहता था, "अगर तुम मेरा प्रतिनिधित्व करने जा रहे

हो, तो तुम पूरी तरह तैयार होकर जाओ। मैं जानना चाहता हूँ कि तुम क्या कहने वाले हो।"

दो सप्ताह बाद जेफ़ ने आख़िरकार मुझसे कहा : "मुझे वह सेल्स टॉक पसंद नहीं है।" मैंने कहा, "अच्छा, तो अपनी सेल्स टॉक ख़ुद लिख लो।"

अगली सुबह नाश्ते की टेबल पर एक छोटा सा काग़ज़ था, जिस पर लिखा था, "गुड मॉर्निंग मिसेज़ स्मिथ, मैं जेफ़्री जॉन जोन्स हूँ। मैं सेल्स क्लब ऑफ़ अमेरिका का प्रतिनिधि हूँ।" बस इतना ही!

दो सप्ताह गुज़र गए थे और दो सप्ताह बाद मुझे पैसे भेजने थे! उस रात मैंने घर लौटकर जेफ़ से कहा, "टेप रिकॉर्डर बाहर निकालो; हम एक टॉक तैयार करेंगे। हम इस पर तब तक काम करेंगे, जब तक कि तुम्हारी सेल्स टॉक तैयार न हो जाए।"

हमने रिहर्सल शुरू की; सेल्स टॉक इस तरह की थी : "गुड मॉर्निंग मिसेज़ स्मिथ, मैं जूनियर एक्ज़ीक्यूटिव सेल्स क्लब ऑफ़ अमेरिका से जेफ़्री जॉन जोन्स हूँ। क्या आप मेहरबानी करके इन ग्रीटिंग कार्डों पर नज़र डालेंगी? इन पर गुड हाउसकीपिंग की अनुमोदन मुहर भी है और सिर्फ़ 1.25 डॉलर प्रति बॉक्स के भाव में वे बहुत किफ़ायती हैं। क्या आप एक या दो बॉक्स लेना चाहेंगी (मुस्कान), प्लीज़?"

हमने रिहर्सल की और रिहर्सल की, और जब हमने दोबारा चलाने के लिए टेप रिकॉर्डर का इस्तेमाल किया, तो मैं देख सकता था कि जेफ़ के अंदर का शेर जागने लगा था। आख़िरकार उसने पूछा, "क्या अब मैं तैयार हूँ?"

मैंने कहा, "नहीं, तुम अभी तैयार नहीं हो। तुम जानते हो कि स्थिति क्या है, लेकिन तुम यह नहीं जानते हो कि मैदान में क्या स्थिति होती है। तुम हॉल में जाओ और मैं तुम्हारा संभावित ग्राहक बनता हूँ। अपने साथ दो बॉक्स ले जाओ, दरवाज़ा खटखटाओ और फिर मैं तुम्हें दिखाऊँगा कि जब तुम मैदान में बाहर जाते हो, तो तुम्हें क्या उम्मीद करनी है।" रोमांच और आत्मविश्वास से भरपूर जेफ़ हॉल में कूद पड़ा, ताकि मुझे अपनी शक्ति दिखा सके। वह सोच रहा था कि वह सचमुच तैयार है। उसने दरवाज़े पर दस्तक दी।

मैंने एक त्योरी और गर्जना के साथ दरवाज़ा खोला, "मेरे लंच में बाधा क्यों डाली?" जूनियर एक्ज़ीक्यूटिव सेल्समैन सदमे की हालत में फ़र्श पर लुढ़क गया। मैंने उसे ऊपर उठाया और हमने दोबारा रिहर्सल शुरू की। मैंने उसे दूसरी लाइन बोलने दी और मैंने उसे दोबारा गिरा दिया, तीसरी लाइन और मैंने उसे तीसरी बार गिरा दिया।

नीचे की मंज़िल पर उसकी माँ सोच रही थी कि मैं उसकी संतान की जान ले रहा हूँ! लेकिन मैं उसकी संतान को जीवन के लिए तैयार कर रहा था! आप जानते हैं कि आज "संतान की जान" कौन ले रहा है? वह अभिभावक, जो अपने बच्चे को यह सोचने के लिए बड़ा कर रहा है कि संसार हर बार उसे गले लगाएगा और चूमेगा। मैं अपनी संतान को वास्तविकता के लिए तैयार कर रहा था!

आख़िरकार जेफ़ ने अपनी टॉक पूरी रट ली। उसने पूछा, "तो, क्या अब हम तैयार हैं?" मैंने कहा, "तुम तैयार हो। हम इस तरह शुरू करते हैं। दो बॉक्स लेकर सेंट जॉन्स रोड जाओ। कोट और टाई पहनो। जैसे ही तुम्हें दस नहीं सुनने

को मिलें, तुरंत घर लौट आना।" (मैं जानता था कि दस से ज़्यादा नहीं सुनने से वह बर्बाद हो जाएगा।) "और जैसे ही दो लोग हाँ कहें, तुरंत घर लौट आना।" (मैं जानता था कि दो से ज़्यादा हाँ सुनने से भी वह बर्बाद हो सकता है – मैंने देखा है कि असफलता जितने सेल्समैनों को बर्बाद करती है, उतने ही सेल्समैनों को सफलता भी बर्बाद करती है। वह बाहर गया और उसने वे कार्ड फटाफट बेच दिए!)

फिर एक दिन उसने मेरे निर्देश का पालन नहीं किया। जुलाई के एक बेहद गर्म दिन जेफ़ उन्नीस नहीं सुनने के बाद घर लौटा। वह पराजित था, पसीने में भीगा था और आते ही सोफ़े पर लुढ़क गया। उसने कहा, "अगर वे लोग अब मुझसे कार्ड ख़रीदना चाहेंगे, तो मैं उनके पास नहीं जाऊँगा, बल्कि उन्हें ख़ुद आकर मुझसे ख़रीदना पड़ेगा!"

मैंने कहा, "एक मिनट ठहरो, जेफ़। पार्टनर, यह तो बस एक मुश्किल दिन था।" उसने कहा, "ओह डैडी, बाक़ी सारे बच्चों को पता चल गया है कि मैं क्या कर रहा हूँ और वे भी कार्ड बेचने लगे हैं।"

मैंने कहा, "मैं एक ऐसे ग्राहक को जानता हूँ, जो ख़रीदना चाहता है।" (किसी न किसी को तो ख़रीदना ही था; मैं इतने सारे ग्रीटिंग कार्डों का इस्तेमाल कैसे कर सकता था?) मैंने कहा, "तुम्हें ज़रूरत है कि कोई तुम्हारे साथ जाए। तुम्हें एक सहायक रखना चाहिए। अपनी बहन कैंडी को साथ ले जाओ। बॉक्स उठाने के लिए उसे 10 सेंट दो और वह तुम्हारा मनोबल भी बढ़ाएगी।"

जितनी कड़ी मेहनत कर सकते हों, करें; जितना ज़्यादा ग्रहण कर सकते हों, करें; जितना ज़्यादा दे सकते हों, दें।

क्या उन्होंने बाहर निकलकर एक दूसरे को प्रोत्साहित किया, जैसा मैंने सोचा था? नहीं। वे बाहर गए और दोनों शिकायत करने लगे और दोनों ने ही हार मान ली! (यह मेरे लिए एक अच्छी चेतावनी थी : अगर आप हताश हो जाते हैं, तो किसी मित्र के कंधे पर सिर रखकर न रोएँ। मित्र आपको सहानुभूति देगा और आप ख़ुद को पहले ही अपनी ज़रूरत से दोगुनी ज़्यादा सहानुभूति दे रहे हैं। बेहतर होगा कि आप हालात में दोबारा लौट आएँ और ज़्यादा कसकर काम करें।)

अब मेरे सामने ढेर सारे कार्ड थे और दो पराजित लोग थे। मुझे कुछ न कुछ सोचना ही था। "जेफ़, शनिवार को मैं ख़ुद तुम्हारे साथ बाहर चल रहा हूँ।" फिर मैंने अपने एक असिस्टेंट को फ़ोन किया और कहा, "जैक, शनिवार को हम ग्रीन लेन फ़ार्म्स आ रहे हैं। जेफ़ मंदी की निराशा में है। अगर मैंने उसे इस मंदी की निराशा से जल्दी ही बाहर नहीं निकाला, तो वे कार्ड मुझे ख़ुद ख़रीदने होंगे। मैं उसे तुम्हारे मकान से दो मकान दूर छोड़ दूँगा। मैं चाहता हूँ कि उसे दो नहीं सुनने को मिलें और फिर तुम्हारे घर पर एक हाँ इंतज़ार करे।"

इस तरह शनिवार को हम ग्रीन लेन फ़ार्म्स पहुँच गए। पहले मकान वाले ने नहीं के बजाय हाँ कह दिया, और दूसरे मकान वाले ने भी हाँ कह दिया! जब जेफ़ 1,000 प्रतिशत बैटिंग एवरेज के साथ कार की तरफ़ वापस लौटा, तो आपको उसका चेहरा देखने लायक़ था! वह प्रोत्साहित हो चुका था!

पिछले साल मैंने एक घर साफ़ करने वाले प्रॉडक्ट की फ़ाइनैंसिंग करते हुए जेफ़ को 24 डॉलर उधार दिए। अगस्त के एक गर्म दिन उसे अड़तीस नहीं सुनने को मिले, लेकिन इसके बावजूद उसने हार नहीं मानी। वह सीख रहा है कि अगर आप प्रोत्साहित बने रहते हैं, तो आपको नहीं से कोई फ़र्क़

नहीं पड़ता और वह यह भी जानता है कि अगर वह चलता रहेगा, तो “ग्रीन-लेन-फ़ार्म” वाला अनुभव ज़्यादा दूर नहीं है।

पूर्व पोल वॉल्ट चैंपियन बॉब रिचड्र्स ने एक बेहतरीन कहानी बताई है, जो बाहरी और अंदरूनी प्रोत्साहन के फ़र्क़ को दिखाती है। फुटबॉल टीम में कॉलेज का एक लड़का छटा हुआ आलसी और मक्कार था। उसे उत्साह भरी तालियाँ सुनना तो पसंद था, लेकिन मेहनत करना पसंद नहीं था। उसे सूट पहनना तो पसंद था, लेकिन अभ्यास करना पसंद नहीं था। उसे परेशान होना पसंद नहीं था।

एक दिन खिलाड़ी अभ्यास के पचास चक्कर लगा रहे थे, जबकि यह शो पीस हर दिन की तरह पाँच चक्कर लगा रहा था। कोच ने उसके पास आकर कहा, “सुनो बेटे, तुम्हारा टेलीग्राम आया है।”

लड़के ने कहा, “कोच, पढ़कर सुना दें।” वह इतना आलसी था कि उसे पढ़ना भी पसंद नहीं था।

कोच ने उसे खोला और पढ़ा : “प्यारे बेटे, तुम्हारे पिताजी गुज़र गए हैं। तुरंत घर लौट आओ।” कोच ने थूक गटका। उसने कहा, “बाक़ी सप्ताह की छुट्टी ले लो।” अगर वह खिलाड़ी बाक़ी पूरे साल भी छुट्टी ले लेता, तब भी उसे कोई परवाह नहीं थी।

देखिए, अजीब बात है, शुक्रवार को मैच का समय आया। टीम मैदान में उतर रही थी और आख़िरी लड़का वही आलसी खिलाड़ी था। जैसे ही सीटी बजी, लड़के ने कहा, “कोच, क्या मैं आज खेल सकता हूँ? क्या मैं खेल सकता हूँ?”

कोच ने सोचा, “लड़के, तुम आज नहीं खेलने वाले। यह घर वापसी है। यह बड़ा मैच है। हमें अपने हर अच्छे खिलाड़ी

की ज़रूरत है और तुम उनमें से नहीं हो।"

जब भी कोच पलटता था, हर बार लड़का तंग करता था, "कोच, मेहरबानी करके मुझे खेलने दो। कोच, मुझे हर हाल में खेलना है।"

पहला क्वार्टर ख़त्म हुआ, तो स्कोर पुरानी मातृ संस्था के ख़िलाफ़ था। हाफ़-टाइम पर कोच ने लॉकर रूम में खिलाड़ियों को जुझारू भाषण का प्रोत्साहन दिया। "कोई बात नहीं है, लड़को, बाहर निकलो और उनके छक्के छुड़ा दो। मैच अभी ख़त्म नहीं हुआ है। अपने कोच के लिए इसे जीत लो!"

टीम बाहर निकली और एक बार फिर लड़खड़ाने लगी। कोच बुदबुदाते हुए अपना इस्तीफ़ा लिखने लगे। तभी वह लड़का फिर आया, "कोच, कोच, मुझे खेलने दो, प्लीज़!" कोच ने स्कोरबोर्ड की तरफ़ देखा। उसने कहा, "ठीक है, अंदर चले जाओ, लड़के। अब तुम कुछ नहीं बिगाड़ सकते हो।"

जैसे ही लड़का मैदान में उतरा, उसकी टीम में विस्फोट हो गया। वह दौड़ा, उसने पास दिए, विपक्षी खिलाड़ियों को रोका, सितारा खिलाड़ियों के छक्के छुड़ा दिए। टीम में बिजली सी दौड़ गई। मैच के अंतिम पलों में उस लड़के ने एक पास बीच में रोक लिया और पूरे मैदान में दौड़कर विजेता शॉट मार दिया!

कैसे-करें यह जानना अद्भुत है, जब आप क्यों-करें को जानते हों; कैसे-करें जानने पर आप इसे करते हैं, क्यों-करें आपसे इसे कराता है।

—*सी. ई. जे.*

वाह! दर्शक पगला गए। कोलाहल! लोगों ने उस हीरो को अपने कंधों पर उठा लिया। इतना उल्लास, इतना शोरगुल आपने कभी नहीं सुना होगा। आख़िरकार रोमांच कम हुआ और कोच ने उस लड़के के पास आकर कहा, "मैंने कभी इस तरह की चीज़ नहीं देखी। आज तुम्हें क्या हो गया था?"

उसने कहा, "कोच, आप जानते हैं पिछले सप्ताह मेरे डैडी गुज़र गए थे।"

कोच ने कहा, "हाँ, मैंने ही तो तुम्हें वह टेलीग्राम पढ़कर सुनाया था।"

लड़के ने कहा, "देखिए कोच, मेरे डैडी अंधे थे। आज पहला दिन था, जब उन्होंने मुझे खेलते हुए देखा!"

अगर जीवन मैच होता, तो कितना अच्छा होता? यह कितना अद्भुत होता, अगर ज़िंदगी के मैदान के दोनों तरफ़ उत्साह बढ़ाने वाले लोग बैठे होते? जब हम असंभव स्थिति में पहुँचते और हमें कुछ नहीं सूझता और हम हार मानकर मैदान छोड़ने वाले होते, तो क्या यह अद्भुत नहीं होता, अगर दर्शकदीर्घा सजीव होकर चिल्लाती "चार्ली, बेटा, चलते रहो; हम तुम्हारे साथ हैं!" मैं तो कहता हूँ, "वाह! मुझे यही तो चाहिए था! फिर मैं एक और मैच जीतने के लिए मैदान में दौड़ जाता!"

लेकिन ज़िंदगी मैच नहीं है, है ना? यह तो युद्ध का मैदान है। खिलाड़ियों और दर्शकों के बजाय हम सभी सैनिक हैं, जिनमें कुछ आलसी और कुछ अनधिकृत रूप से अनुपस्थित हैं! लेकिन हम सभी संघर्षरत हैं, चाहे हम यह बात जानते हों या न जानते हों।

जो व्यक्ति जानता है कि कैसे प्रोत्साहित होना है, उसे उत्साह बढ़ाने वाले किसी दर्शक-समूह की ज़रूरत नहीं है।

उसके पास अंदरूनी प्रोत्साहन है। वह किसी बैसाखी की तलाश नहीं कर रहा है, जो टूट सकती है; वह किसी बोनस की तलाश नहीं कर रहा है जिस पर टैक्स लग सकता है; वह अपने भीतर से प्रोत्साहित होना सीख रहा है।

दूसरों को प्रोत्साहित करने की शक्ति इंसान को उतना नहीं बनाती है, जितना कि उसका अंदरूनी प्रगतिशील व्यक्तित्व और प्रोत्साहित बनने का नियम सीखना बनाता है। अगर आप प्रोत्साहित हैं, तो आप हमेशा दूसरों को प्रोत्साहित करेंगे। और क्या प्रोत्साहित लोगों के आस-पास रहना रोमांचक नहीं होता? वाहहह!

मुझे उम्मीद है कि इससे आपको अपने विचारों को शब्दों में ढालने में मदद मिलेगी। आपको इन नियमों के बारे में सोचने में मदद मिलेगी, जिन्हें आप सहज बोध से पहले ही जान चुके हैं।

इन नियमों के बारे में हमारी स्वाभाविक धारणाएँ मूलतः सही हैं, लेकिन जीवन में बहुत सारी चीज़ें इन नियमों को ग़लत साबित करने की कोशिश में इनके ख़िलाफ़ युद्धरत नज़र आती हैं। लेकिन अभ्यास उन्हें सही साबित कर देगा और जो लोग इन बुनियादी नियमों का अभ्यास करेंगे, केवल वही आगे बढ़ेंगे और नेतृत्व में विकास करेंगे - इसलिए नियम सीखते रहें!

सत्य और प्रेम संसार की दो सबसे शक्तिशाली चीज़ें हैं; और जब ये दोनों मिल जाते हैं, तो इनका मुक़ाबला करना आसान नहीं होता।

—रैल्फ़ कडवर्थ

3

जीवन के तीन निर्णय

कोई व्यक्ति ख़ुद अपने हिसाब से चल सकता है या फिर दूसरों के हिसाब से चल सकता है; प्रोत्साहन से फ़र्क़ पड़ता है। मुझे यक़ीन है कि जीवन के तीन बड़े निर्णयों की बदौलत मैं स्थायी रूप से प्रोत्साहित रहा हूँ। इंसान जीवन में सिर्फ़ तीन ही निर्णय लेता है। कोई कह सकता है, "तुम्हारा क्या मतलब है, चार्ली? मैंने कल ही पैंतालीस निर्णय लिए हैं।"

नहीं, दरअसल नहीं। वे बुनियादी निर्णय नहीं थे। जीवन में केवल तीन ही बुनियादी निर्णय होते हैं और जब आप उन्हें लेते हैं, तो वे बाक़ी हर चीज़ को आकार देते हैं। आपके पास जो भी है, हर चीज़ उनके अनुरूप ढल जाती है।

तीन बड़े निर्णय ये हैं : (1) आप अपनी ज़िंदगी किसके साथ जीने वाले हैं? (2) आप अपनी ज़िंदगी किसमें जीने वाले हैं? (3) आप अपनी ज़िंदगी किसकी ख़ातिर जीने वाले हैं?

आप अपनी ज़िंदगी किसके साथ जीने वाले हैं?

रात को सुस्ताते समय मुझे प्रसारण सुनना अच्छा लगता है। मैं हवाई जहाज़ में पत्रिकाएँ भी पढ़ता हूँ। इन सबमें मुझे बार-बार

बताया जाता है : "सफल विवाह सामंजस्य पर निर्भर करता है।" सामंजस्य! यदि विवाह की सफलता सामंजस्य पर निर्भर होती, तो मैं अपने मुहल्ले का सबसे दुखी विवाहित यक्ति होता!

जब मेरी पत्नी और मैं एक दूसरे से प्रेम कर रहे थे, तो आपको हमसे ज़्यादा सामंजस्यपूर्ण इंसान मिल ही नहीं सकते थे। हम इतने ज़्यादा सामंजस्य में थे कि देखकर हैरानी होती थी! जब हमारी शादी नहीं हुई थी, तो उसे मेरे हिसाब से काम करना बड़ा पसंद था। जब हमारी शादी हो गई, उसके बाद मुझे पता चला कि उसके पास उसका एक अलग तरीक़ा था, जो उसे बहुत ज़्यादा पसंद था।

शादी से पहले वह मेरी आँखों में देखती थी और कहती थी, "प्रियतम, मैं तुम्हें बहुत अच्छी तरह समझती हूँ!" मैं सोचता था, "वाहहह, मैं तो ख़ुद को भी नहीं समझ पाया हूँ और कोई दूसरा मुझे इतनी अच्छी तरह समझ गया है!" मैंने उसे जल्दी से जकड़ लिया; मैंने उससे शादी कर ली। वह पहली बात क्या थी, जो मुझे पता चली? उसने झूठ बोला था।

बाद में यह पता चला कि वह मुझे क़तई नहीं समझती थी। हालाँकि हमारी शादी को अब बीस साल हो चुके हैं, लेकिन अब वह कहती है, "जानते हो, मैं जितना ज़्यादा तुम्हें जानती हूँ, उतना ही कम तुम्हें समझ पाती हूँ।"

तो हमारी शादी हो गई! उसने मुझे मूर्ख बनाया था और मैंने उसे मूर्ख बनाया था और हम दोनों ही अटक गए थे। देखिए, मैं उसे बदलकर कोई नया मॉडल ला सकता था, लेकिन मैंने यहाँ निवेश किया था। इसलिए मैंने उसका जीर्णोद्धार करने का निर्णय लिया। मुश्किल यह थी कि वह भी मेरा जीर्णोद्धार करना चाहती थी।

मैं हमेशा जानता था कि मैं चूहा था, लेकिन मैंने उसे कभी नहीं बताया, क्योंकि मैं सोचता था कि उससे शादी करने के बाद मेरी मर्दानगी बढ़ जाएगी और मैं विकास करने लगूँगा। उसे पता चले कि उसकी शादी एक चूहे से हुई थी, इससे पहले ही मैं मर्द बन जाऊँगा? बस उसे सच्चाई का पता इससे पहले नहीं चलना चाहिए था!

देखिए, मुझे वह भी नहीं मिला, जो मैंने सोचा था कि मुझे मिल रहा था। वास्तव में, हम दोनों के ही पास एक-एक योजना थी। वह जानती थी कि मैं उसे बदलने जा रहा हूँ और बेहतर बनाने जा रहा हूँ। दूसरी तरफ़, मैं भी जानता था कि वह मुझे बदलने जा रही है और बेहतर बनाने जा रही है। योजनाएँ पहलेपहल अच्छी तरह कारगर थीं। मैं पूरी तरह से तैयार था कि मैं उसे ख़ुद को बदलने और बेहतर बनाने की अनुमति दे दूँगा, लेकिन तभी जब मैं उसे बेहतर बनाने का काम पूरा कर लूँगा। लेकिन उसने हर चीज़ बर्बाद कर दी : वह मुझे ख़ुद को तब तक बदलने ही नहीं दे रही थी, जब तक कि वह मुझे बदल न दे! मैंने ऐसा नहीं होने दिया।

निश्चित रूप से दूसरे दंपतियों की तरह हमने भी ख़ुश होने का नाटक किया, लेकिन हम शायद ज़्यादा लोगों को मूर्ख नहीं बना पाए। हमें यह सीखने की ज़रूरत थी कि दो लोग बुज़ुर्ग होने के लिए एक साथ जुड़ते हैं। संसार में सबसे मधुर दृश्य यह है कि दो लोग एक साथ बुज़ुर्ग हों, ज़्यादा गहरा विकास करें, आदान-प्रदान में ज़्यादा समृद्ध बनें और ज़्यादा पूर्ण बनें।

आप जानते हैं, विकास करने का मतलब क्या होता है? विकास करने का मतलब होता है दर्द बढ़ाना : इसका मतलब होता है परिवर्तन करना। जब दो लोग एक साथ जुड़ते हैं और सामने वाले को ख़ुद को बदलने नहीं देते हैं, तो हो सकता है कि अंत में वे एक दूसरे की अदला-बदली कर लें।

सुनिए, किसी सुखद विवाह का रहस्य सामंजस्य नहीं है। यह तो अखंडता है, दो लोगों की अखंडता कि वे विवाह का निर्णय लें, इसे सचमुच अपनाएँ और साथ-साथ जीने-मरने का निर्णय लें। जब मेरी पत्नी ने मुझसे शादी की थी, तो यह बेहतर या बदतर के लिए था (ज़्यादातर बदतर), अमीरी या ग़रीबी के लिए था (ज़्यादातर ग़रीबी), जब तक कि मृत्यु हमें जुदा न कर दे (इससे मामला सुलझ जाता है)।

शादी करने पर मैं पति तो बन गया, लेकिन शादी के कई साल बाद ही मुझे समझ आया कि पति क्या होता है। कई साल के वैवाहिक जीवन के बाद ही मेरी पत्नी से बात हो पाई! नहीं, हम चुप नहीं रहते थे - हमारे वैवाहिक जीवन में बहुत शोर-शराबा रहता था, लेकिन हमने एक दूसरे से ज़्यादा महत्त्वपूर्ण बातें नहीं कीं।

मैंने पाया कि बहुत सारे स्त्री-पुरुष एक साथ रहते हैं और परिवार पालते हैं, लेकिन उन्हें यह पता ही नहीं होता कि एक दूसरे से सच्ची बातचीत कैसे की जाती है। कुछ लोगों की

प्रेम आपको कमज़ोर नहीं बनाता है, क्योंकि यह तो सारी शक्ति का स्रोत है, लेकिन यह आपको उस छलपूर्ण शक्ति की शून्यता दिखा देता है, जिस पर आप यह जानने से पहले निर्भर थे।

—लियॉन ब्लॉय

तो अपने बच्चों से भी सच्ची बातचीत नहीं होती है।

परिवार में वास्तविक संप्रेषण सीखने के लिए संसार की सबसे मुश्किल चीज़ों में से एक है। इसमें बहुत सारी कोशिशों, थोड़े प्रशिक्षण, थोड़े विकास और थोड़ा बदलने की ज़रूरत होती है। मैं वह जगह बता सकता हूँ, जहाँ मैंने अपनी पत्नी से पहली बार सच्ची बातचीत की थी।

इस बात पर विश्वास करना मुश्किल है, लेकिन मैंने पूरे अमेरिका में हज़ारों लोगों के सामने आत्मविश्वास और साहस पर व्याख्यान दिए थे, जबकि मैं अपनी पत्नी और परिवार के साथ प्रार्थना करने का साहस नहीं जुटा पाया था। इसमें तीन साल लग गए।

मुझे डर था कि वे चौंक जाएँगे या सोचने लगेंगे कि मैं बहुत ज़्यादा धार्मिक बन रहा हूँ। लेकिन मैं जानता था कि परिवार का नेतृत्व करना मेरी ज़िम्मेदारी थी और यह एक ऐसी चीज़ थी, जो हमें ज़्यादा क़रीब लाने के लिए करनी ही थी। मैं अपनी पत्नी या बच्चों को तब तक कभी अच्छी तरह नहीं जान पाया, जब तक कि आख़िरकार इकट्ठे प्रार्थना करने के ज़रिये मैं प्रेम और नेतृत्व अभिव्यक्त करने के थोड़े साहस का इस्तेमाल नहीं करने लगा।

जीवन का एक बड़ा वरदान मुझे एक रात मिला, जब मेरी पत्नी और मैं एक साथ प्रार्थना कर रहे थे। मेरा मतलब यह नहीं है कि हम धार्मिक ध्वनियाँ निकाल रहे थे; हम तो बस ईश्वर को कुछ बातें बता रहे थे, जो हम एक दूसरे से नहीं कह सकते थे।

मुझे याद है कि मैं उससे किसी छोटी सी बात पर चिढ़ा हुआ था और इसी वजह से इसका मुझ पर इतना गहरा असर

हुआ। उस रात उसने पहले प्रार्थना की और यह कुछ इस तरह थी : "प्यारे ईश्वर, इतने अच्छे पति के लिए आपको धन्यवाद, जो आपने मुझे दिया है, मुझे बेहतर पत्नी न होने के लिए क्षमा करें, बेहतर बनने में मेरी मदद करें।"

उसके इन शब्दों ने मुझे हिला दिया। मैं बहुत स्पष्टता से देख सकता था कि वह ग़लत नहीं थी। शैतान तो मैं था। मैं वैसा पति नहीं था, जैसा मुझे होना चाहिए था। मैं वैसा पिता नहीं था, जैसा मैं बन सकता था। कितना बेहतरीन सबक़... मैं एक ही तरीक़े से यह सीखना शुरू कर सकता था और वह था घुटने टेककर। अगर उसने ये बातें मुझसे कही होतीं, तो मुझे यह शक हो सकता था कि वह अपनी बात मनवाने के लिए एक नई नीति आज़मा रही है।

सफल विवाह की कुंजी एक दूसरे की ख़ातिर चीज़ें करना नहीं है; यह तो एक दूसरे के साथ मिलकर चीज़ें करना है। यह एक साथ बूढ़े होना नहीं है, यह तो एक साथ बुज़ुर्ग होने तक विकास करना है। यह उस तरह का नाटक करना नहीं है जिस तरह किसी पति और पत्नी को रहना चाहिए; यह तो अपना जीवन आदर्श पति-पत्नी बनना सीखने में व्यतीत करना है।

मेरे दोस्त, इससे चोट पहुँचेगी। इसकी क़ीमत चुकानी होगी। बहुत से युवा सोचते हैं कि विवाह का मतलब हनीमून है। हनीमून? यह तो रणभूमि है! लेकिन इस वक़्त हम दोनों ही जीत रहे हैं, क्योंकि अब मैं यह सीख रहा हूँ कि पति होने का क्या मतलब होता है।

मुझे ख़ुशी है कि मैंने उसे नहीं छोड़ा और उसने मुझे नहीं छोड़ा, क्योंकि हम यह सीखकर ख़ुद को बदल रहे हैं कि विवाह के निर्णय को हमारा बनाने का मतलब क्या होता

है और हम यह काम मरते दम तक करेंगे - यही जीने का सच्चा अर्थ है।

आप अपना जीवन किसमें जीने वाले हैं?

कुछ लोग कहते हैं कि इंसान इसलिए असफल हो जाता है, क्योंकि उसके पास पर्याप्त योग्यता नहीं होती। दरअसल, योग्यता का सफलता से बहुत कम संबंध होता है। कारोबार या किसी दूसरे क्षेत्र में किसी व्यक्ति की सफलता उसके योग्यता, उसके बॉस या मित्रों द्वारा कभी तय नहीं होती। सफलता तो तब मिलती है, जब कोई निर्णय लिया जाता है, उसे अपना बनाया जाता है और उसके लिए मर-मिटने को तैयार रहा जाता है।

मैं हैरिसबर्ग में मैनेजर के दिए बुनियादी प्रशिक्षण को कभी नहीं भूलूँगा। उन्होंने मुझे उस काम की स्वतंत्रता, सफलता और प्रतिष्ठा के बारे में बताया। उन्होंने मुझसे कहा कि मैं हँसते-हँसते बैंक जाऊँगा। मैंने सोचा, "भाई, यह लेक्चर कितनी देर और चलेगा? मुझसे सब्र नहीं हो रहा है!" मैं सोच रहा था कि लोगों को जब पता चलेगा कि मैं कितनी नायाब चीज़ बेच रहा हूँ, तो वे बेसब्री में मेरे घर का दरवाज़ा तोड़ देंगे। जब मैं मैदान में गया, तो मुझे क्या पता चला? मैनेजर ने झूठ बोला था; कम से कम अतिशयोक्ति का इस्तेमाल किया था। देखिए, मैं वह काम छोड़ना चाहता था, लेकिन डाक से इस्तीफ़ा भेजने के लिए मेरे पास टिकट के पैसे नहीं थे। कई बार मैंने इस्तीफ़ा लिखा कि मैं क्यों छोड़ रहा हूँ, लेकिन मैं उस घटिया कारण पर इतना शर्मिंदा हुआ कि मैंने ऐसा नहीं किया। मेरे पास कोई बेहतर या सच्चा कारण नहीं था, इसलिए मैं उसी काम में जुटा रहा।

बाद में जब मैं मैनेजर बना, तो मुझे समझ आया कि कुछ सेल्समैन सोचते हैं कि उनके पास अच्छा लीडर नहीं है। मैंने कहा, "ठीक है, मैं जानता हूँ कि आपको मुझसे बेहतर लीडर मिलना चाहिए, लेकिन आपके पास सिर्फ़ मैं ही हूँ और मैं यह काम नहीं छोड़ने वाला। अगर आप सहयोग नहीं करेंगे, तो आपको ज़िंदगी भर मुझे ही झेलना होगा।" हमें बेहतरीन सहयोग मिला!

क्या आपने कभी किसी इंसान को कोई नौकरी चुनते देखा है? आइए इस आदमी को देखते हैं, जो कार्यालय में नौकरी हासिल करने के लिए आ रहा है। "हलो मि. मैनेजर, मैं आपकी कंपनी को आज़माना चाहूँगा। मैंने आपके कुछ कर्मचारियों को देखा है, जो कॉफ़ी ब्रेक में भी बहुत अच्छे नहीं हैं। मैं इस कारोबार को आज़माना चाहूँगा और अगर मुझे यह पसंद आ गया, तो मैं यहीं रुक जाऊँगा।" आजकल बेचारे मैनेजर मदद के लिए इतने व्याकुल रहते हैं कि उनके यह कहने की संभावना होती है : "आ जाओ।" अब यह तो ऐसा ही है कि मैं शादी से पहले अपनी होने वाली पत्नी के पास जाता और कहता, "हलो प्रिये, मैं तुम्हारी शैली देख रहा हूँ। मैं तुम्हें आज़माना पसंद करूँगा और अगर तुम मुझे पसंद आ गईं, तो मैं तुम्हें रख लूँगा।"

मैंने सीखा है कि किसी मनुष्य के जीवन का काम तो काम करने और जीने से विकसित होता है। इसे ऐसे करें, मानो इस पर आपका जीवन निर्भर हो, और आपको पहली चीज़ यह पता चलेगी कि आपने इसमें से जीवन बना लिया है। एक अच्छा जीवन।

—थेरेसा हेलबर्न

आज किसी महिला को आज़माकर सुखद विवाह का निर्माण नहीं कर सकते और आप किसी नौकरी को आज़माकर सफल करियर नहीं बना सकते। जब तक आप किसी कंपनी के प्रति और कर्मचारी बनना सीखने के प्रति समर्पित न होना चाहें, जिस तरह आप किसी साझेदार के प्रति ख़ुद को समर्पित करते हैं और जीवनसाथी बनना सीखते हैं, तब तक आपका असफल होना तय है। आप कहते हैं, "देखिए, मैंने ऐसा नहीं किया और मैं अब भी यहीं पर झूल रहा हूँ।" हाँ, बहुत सारे असफल लोग इसे छोड़ते नहीं हैं!

आइए ज़्यादा अधुनातन ख़रीदार को देखते हैं। "हलो, मि. मैनेजर। मैं सारे शहर में जा चुका हूँ और पाँच कंपनियों में बात कर चुका हूँ। आपके नाम की कई जगह तारीफ़ सुनने को मिली है। किसी कंपनी से जुड़ने का बड़ा निर्णय लेने से पहले मैं आपसे यह जानना चाहता हूँ कि आपके पास देने के लिए क्या है। अगर आपके पास इन पाँच कंपनियों से बेहतर सौदा है, तो आप मुझे पा लेंगे।"

यह ठीक वैसा ही है, जैसे कि मैं किसी महिला के पास जाकर कहूँ, "हलो, प्रिये! क्या आप जानती हैं कि मैं जीवनसाथी ढूँढ़ रहा हूँ। पाँच और सुंदरियाँ मेरी प्रतीक्षा सूची में हैं लेकिन मैं तब तक कुछ भी निर्णय नहीं करना चाहता जब तक मुझे यह मालूम नहीं हो जाए कि आप मुझे क्या प्रदान करेंगी? यदि आप मेरी कसौटियों पर खरी उतरीं तो आप मुझे पा लेंगी।"

बंधु, क्या यह महिला मुझे हासिल करके बहुत कुछ पा लेगी, क्या सही में? वैसे ही अगर कोई कंपनी किसी कर्मचारी

को इस आधार पर रखती है कि वह उसे क्या दे सकती है, उस
कंपनी को ज़्यादा फ़ायदा नहीं होगा। बहुत सारे लोग नौकरी में
सफल होने के रोमांच से, जो उन्हें मिलना चाहिए था, इसलिए
वंचित रह जाते हैं, क्योंकि वे सही तरीक़े से शुरू नहीं करते हैं।
मैंने कभी किसी ऐसे व्यक्ति को नहीं देखा, जो अपनी नौकरी
में असफल रहा हो और किसी दूसरी चीज़ में अच्छा रहा हो।
मैं यह सीख रहा हूँ कि नौकरी एक ऐसी चीज़ है, जो ईश्वर
मुझे देता है और कहता है कि मुझे उस काम-धंधे के अनुरूप
चलना है, जिसमें मेरा आह्वान किया गया है कि मैं जो भी कर
सकता हूँ, उस हर चीज़ को अपने पूरे दिल से करना सीखना
है। अगर कोई व्यक्ति अपने काम को प्रेम करना, सम्मान देना
और प्रिय समझना नहीं सीख रहा है, तो वह काम भी उसका
कभी सम्मान नहीं करेगा और उसे पुरस्कार नहीं देगा, जिस
तरह स्व-केंद्रित विवाह भी नहीं करेगा।

          ज़ाहिर है, नियोक्ता को पता होना चाहिए कि कंपनी कौन
से भावी लाभ देती है, लेकिन वे प्राथमिक नहीं होने चाहिए। कंपनी
जो सौदा देती है वह मायने रखता है, लेकिन यह संबंधों जितना
महत्त्वपूर्ण नहीं होता है। वेतन महत्त्वपूर्ण है, लेकिन देने और
विकास करने के अवसर ज़्यादा महत्त्वपूर्ण हैं। कई लोग किसी
बेहतरीन टीम में विकसित होने और विकास करते हुए वृद्ध
होने का अवसर सिर्फ़ इसलिए चूक जाएँगे, क्योंकि उन्होंने इस
महान निर्णय में चूक कर दी। नौकरी विवाह की तरह होती
है : आप कई प्रिय लोगों से प्रेम की पींगें बढ़ा सकते हैं,
लेकिन जब तक आप किसी एक के साथ बस नहीं जाते हैं,
तब तक आपको वैवाहिक जीवन या करियर में सच्ची सफलता
नहीं मिलेगी।

विकास करने और जगमगाने के लिए आपको किसी एक साझेदार या करियर के प्रति अपना जीवन समर्पित करना होगा। नौकरी में सफलता की कुंजी उचित प्रशिक्षण, योग्यता या बॉस के साथ "प्रभाव" नहीं है। कुंजी तो नौकरी का निर्णय लेना है, इसे अपना बनाना है और मरते दम तक इस पर काम करना है।

आप अपना जीवन किसकी ख़ातिर जीने वाले हैं?

तीसरा बड़ा सवाल है : आप अपना जीवन किसकी ख़ातिर जीने वाले हैं? केवल दो ही चीज़ें हैं, जिनकी ख़ातिर आपको जीवन जीना होता है। मैं पहली चीज़ पर ज़्यादा समय नहीं लगाऊँगा, क्योंकि हम सभी इसके विशेषज्ञ हैं। जिस पहली चीज़ की ख़ातिर हम अपना जीवन जीते हैं, वह है बड़ा सा मैं, मुझे, मेरा। "सुनो, संसार, मेरी तरफ़ देखो; क्या मैं शानदार नहीं हूँ! मैं स्व-निर्मित इंसान हूँ!" (अच्छी बात है, इससे ईश्वर ज़िम्मेदारी से मुक्त हो जाता है!) हम एक दूसरे को मूर्ख नहीं बना सकते; हम सभी उस लड़के को पहचानते हैं, जिसके छोटे से सिर पर आभामंडल दिखता और ग़ायब होता है!

हाँ, मैं अपना जीवन अपनी ख़ातिर जी सकता हूँ... या फिर मैं अपना जीवन ईश्वर की ख़ातिर जी सकता हूँ। कोई कह सकता है, "ओह-ओह, हमें धर्म के बारे में बात नहीं करनी चाहिए। इससे विवाद खड़ा हो जाता है।" हाँ, बात तो सही है, लेकिन कई बार विवाद नई रोशनी भी डालता है।

मैं यह स्पष्ट कर देना चाहता हूँ कि मैं ईश्वर का अनुसरण करके सफलता पाने के बारे में नहीं बोल रहा हूँ। आपने शायद किसी को यह कहते सुना होगा, "क्या आप सफल होना चाहते हैं? तो फिर धर्म की शरण में जाएँ।"

यदि आप सफल होना चाहते हैं, तो ऐसा कदापि न करें!
मैं कुछ बहुत अच्छे आध्यात्मिक लोगों को जानता हूँ जिनकी
भौतिक सफलता शून्य है और मैं कुछ शातिर धोखेबाज़ों को
जानता हूँ, जिनके पास वह तमाम भौतिक सफलता है, जिसकी
कोई मनुष्य इच्छा कर सकता है। इसलिए हम ईश्वर के अनुराग
को वित्तीय सफलता की कसौटी पर नहीं कस सकते।

न ही मुझे इस बात पर यक़ीन है कि ईश्वर हमारी सारी
समस्याओं को सुलझा देता है। वास्तव में, मुझे तो लगता है
कि वह हमें ज़्यादा बड़ी और बेहतर समस्याएँ देता है! जब
लोग ईश्वर को जानने लगते हैं, तो जीवन ज़्यादा आसान नहीं
बनेगा, हालाँकि यह बेहतर ज़रूर बन जाएगा। अगर अच्छे
बेसबॉल खिलाड़ी दमदार विरोधियों के ख़िलाफ़ खेलना चाहते
हैं और सख़्त फुटबॉल खिलाड़ी मुश्किल प्रतिस्पर्धियों के ख़िलाफ़
खेलना चाहते हैं, तो क्या लोग जीवन काटने के बजाय जीना
नहीं चाहेंगे? असली स्त्री और पुरुष आराम और सुविधा से
नहीं, बल्कि संघर्ष, प्रयास व त्याग से बनते हैं!

एक व्यक्ति ने मुझसे कहा था, "चार्ली, क्या तुम उन
लोगों में से एक हो, जो मानते हैं कि दूसरे लोगों को इसलिए
आस्था रखनी चाहिए, क्योंकि तुम आस्था रखते हो?" नहीं,
मैं यह नहीं मानता। एक और आदमी ने पूछा था, "क्या तुम
मानते हो कि लोगों को भी उन चीज़ों पर विश्वास होना चाहिए,
जिनमें आपको विश्वास है?" मैंने कहा, "नहीं, लेकिन मैं यह
मानता हूँ कि कोई व्यक्ति जिसमें विश्वास करता है, उसे उसके
बारे में जानना चाहिए, यह भी जानना चाहिए कि वह इस
पर क्यों विश्वास करता है और तभी उसे इस पर विश्वास
करना चाहिए।"

मुझे पाम स्प्रिंग्स में एक मीटिंग याद है, जिसने लगभग तीस ऐसे लोगों को आकर्षित किया, जिन्होंने पिछले साल पाँच सौ मिलियन डॉलर से ज़्यादा का कारोबार किया था। हमारे वक्ता बेचने और नियुक्त करने के बारे में ज़्यादा नहीं बता पाए, लेकिन उन्होंने एक ऐसी बात कही, जिसने मेरा ध्यान आकर्षित कर लिया : "मित्रों, आप अपनी ज़िंदगी जीने के लिए तब तक तैयार नहीं हो, जब तक कि आपको यह न  पता हो कि आप अपनी क़ब्र के पत्थर पर क्या लिखा देखना चाहते हैं।" मैंने सोचा, "हूँ, मुझे एक बड़े स्मारक की ज़रूरत होगी..." नहीं, वे स्मारक की बात नहीं कर रहे थे। उनका मतलब तो बस यह था : आप अपनी ज़िंदगी किसकी ख़ातिर जी रहे हैं? - हालाँकि उन्होंने जिन शब्दों का इस्तेमाल किया था, वे अलग थे।

धर्म उन चीज़ों में से एक था, जिनके मैं हमेशा ख़िलाफ़ रहा था। मैं धर्म के ख़िलाफ़ इसलिए था, क्योंकि मैं किसी सहारे या बैसाखी के साथ जीने में यक़ीन नहीं रखता था और एक कारण यह भी था कि धर्म जिन चीज़ों के ख़िलाफ़ था, मैं उनका समर्थक था। जब मैं छोटा था, तो चर्च के लोग मुझसे कहते थे : "जोन्स, तुम्हें पाप से नफ़रत करना चाहिए।" मैंने सोचा, "मैं इससे प्रेम करता हूँ! मुझे पाप कभी सिखाया नहीं गया; यह मैं नैसर्गिक रूप से सीखा हूँ।" मेरे डैडी कहा करते थे, "देखो बेटे, तुम्हें शराब, सिगरेट पीने, गाली देने और जुए को छोड़ देना चाहिए।" मैं कहता था, "एक मिनट ठहरें, डैडी। इससे तो अच्छा है कि मैं अभी हाल नरक में चला जाऊँ -

मैं बाक़ी ज़िंदगी में क्या करूँगा?"

कोई दूसरा मुझसे कहता था : "आपको धर्म में आना ही चाहिए।" मैं कहता था, "एक मिनट ठहरो। तुम अपने धर्म के साथ जितने ख़ुश हो, उससे ज़्यादा ख़ुश मैं उसके बिना हूँ। अगर तुम किसी पर मेहनत करना चाहते हो, तो उन दुखी धार्मिक लोगों पर करो और मुझे ख़ुश रहने दो!" इससे वे डरकर दूर चले जाते थे।

मुझे याद है, किसी ने मुझसे कहा था : "इसे पूरा करने के लिए आपको अपना सर्वश्रेष्ठ संभव प्रयास करना होता है।" मैंने कहा था, "मेरा सर्वश्रेष्ठ संभव प्रयास! मेरे मित्र, अगर सर्वश्रेष्ठ संभव प्रयास करना ही स्वर्ग जाने का पैमाना है, तो मैं नरक के लिए तैयार हूँ, क्योंकि मैंने अपनी ज़िंदगी में एक भी दिन अपना सर्वश्रेष्ठ संभव प्रयास नहीं किया है।" मेरा काम हमेशा बेहतर हो सकता था, बशर्ते मैं थोड़ी कड़ी मेहनत करता। इसलिए मैं शानदार तरीक़े से नरक में जा रहा होऊँगा – हर उस व्यक्ति की तरह, जो अपना सर्वश्रेष्ठ संभव प्रयास नहीं कर रहा था।

एक दिन लोगों ने मुझसे कहा, "जोन्स, आपको अपने बच्चों का बपतिस्मा कराना होगा, वरना वे स्वर्ग नहीं पहुँच पाएँगे।" मैंने सोचा, "हम्म, मैं अपने ख़ुद के भाग्य का जोखिम तो ले सकता हूँ, लेकिन मुझे अपने बच्चों के मामले में जोखिम नहीं लेना चाहिए।" इसलिए लगभग अट्ठारह साल पहले हम

ईश्वर को जानने और वह आपको जानता है, यह जानने के रोमांच की तुलना जीवन में किसी चीज़ से नहीं की जा सकती।

—सी. ई. जे.

एक साथ लोगों के विशाल समूह के सामने खड़े हुए और हमारा बपतिस्मा हुआ। मैं अब भी याद कर सकता हूँ कि मैंने पादरी से जो वादे किए थे, उनके बारे में मैं कितना बुरा महसूस कर रहा था। उसने पूछा, क्या मैं ऐसा और वैसा करूँगा। मैंने बोल दिया, "हाँ, हाँ, हाँ।" मैं जानता था कि मैं हर बार झूठ बोल रहा था, लेकिन मेरे सभी दोस्तों ने झूठ बोला था और मैंने सोचा कि खेल में इतनी देर बाद खेल बिगाड़ने में कोई तुक नहीं थी।

फिर एक दिन मैं कार चलाकर जा रहा था, तभी मैंने एक शख़्स को देखा, जिसे मैंने कई सालों से नहीं देखा था। मैं रुका और वह मेरी कार में कूदकर बैठ गया। यह एक चमत्कार था; ज़्यादातर लोग बाहर कूद रहे थे! मैं बेचने को तैयार था, लेकिन उसने गेंद मेरे हाथ से छीन ली। उसने पूछा, "चार्ली जोन्स, तुम्हारी आत्मा का क्या होगा?"

मैंने कहा, "मेरी क्या?"

उसने पूछा, "क्या तुम्हारा दोबारा जन्म हुआ है?"

मैंने सोचा, "यह लो।"

उसने पूछा, "जब तुम मरोगे, तो क्या तुम स्वर्ग जा रहे हो?"

"जब मैं मरूँगा!" मैंने कहा, "मैं तो अभी जीने के बारे में ही उत्साहित होना शुरू कर रहा हूँ!"

उस आदमी ने अपनी *बाइबल* बाहर निकाली और मुझे अहसास हुआ कि ज़िंदगी में पहली बार मेरा पाला एक धार्मिक जुनून से भरे आदमी से पड़ा था – लेकिन वह निश्चित रूप से स्वस्थ दिख रहा था। मैंने सावधानी से अपनी रणनीति तैयार

की। मैं हमेशा संभावित ग्राहक को बात पूरी करने देता था और जब उसकी बात पूरी हो जाती थी, तो मैं उसकी समस्या सुलझा देता था। इस आदमी के साथ एकमात्र परेशानी यह थी कि वह एक पल के लिए भी चुप नहीं हो रहा था।

तो उसने मुझे फाँस लिया था। मैं उसे अपने रविवार के शानदार जवाब देने को पूरी तरह तैयार था, लेकिन वह रुकने का नाम ही नहीं ले रहा था। मैं सारे धार्मिक जुमले और जवाब जानता था, लेकिन इस आदमी ने मुझे यह नहीं बताया कि किस चर्च में जाना है, किसे छोड़ना है या क्या ख़रीदना है। उसने मुझे बताया कि *बाइबल* सत्य है, ईसा मसीह मनुष्य के तारणहार हैं और ईश्वर पापियों से प्रेम करता है।

मैं सोचता था कि ईश्वर केवल धार्मिक लोगों से ही प्रेम करता है और यहाँ मैं सुन रहा था कि वह पापियों से प्रेम करता है। मुझे इस पर यक़ीन नहीं हुआ। मैंने कहा, "तुम मुझे यह बताना चाहते हो कि ईश्वर मुझसे प्रेम करता है और मेरे जीवन में आना चाहता है, बस इसी तरह? क्या तुम कोई नया धर्म शुरू करने जा रहे हो? तुम आकर कहते हो कि मैं कुछ न करूँ, बल्कि सिर्फ़ अपने हृदय को समर्पित कर दूँ और ईश्वर को अपने जीवन में आने दूँ। मैंने बहुत सारी धार्मिक चर्चाएँ सुनी हैं, लेकिन यह बात मैंने पहली बार सुनी है।"

उसने कहा, "शायद इसलिए क्योंकि…" और उसने मुझे *बाइबल* से कुछ पढ़कर सुनाया। मैंने हर वह पुस्तक पढ़ी थी, जो मैं *बाइबल* को झूठ साबित करने के लिए पढ़ सकता था। मैं सोचता था कि *बाइबल* एक मिथक थी, पौराणिक कथा थी, साहित्यिक ग्रंथ थी। मैंने उससे कहा, "यह सिर्फ़ अज्ञानी और ग़रीब लोगों के लिए है। यह उन लोगों के लिए नहीं है जो जानते हैं।" लेकिन वह बस *बाइबल* में से पढ़ता रहा, जिसका

मैं जवाब नहीं दे पाया। मैंने कहा, "ठीक है, जब मैं अपनी ज़िंदगी का नया अध्याय शुरू करूँगा, तो इसमें से कुछ ले लूँगा; यह अच्छा लगता है।"

उसने कहा, "तुम्हें नए अध्याय की ज़रूरत नहीं है; तुम्हें तो नई ज़िंदगी की ज़रूरत है।"

मैंने सोचा, "वाह, उसे यह कैसे पता चला!"

मैंने जल्दी ही देखा कि वह कोई बीमा नहीं ख़रीदने वाला था और मेरी धर्मपरिवर्तन कराने की कोई इच्छा नहीं थी। इसलिए मैं उसे अपनी कार से उतारने के लिए तैयार हो गया। वह जानता था कि मैं पीछे से प्रतिरोध कर रहा था, लेकिन इसके बावजूद उसने अपनी गतिविधि जारी रखी – वह धर्मग्रंथों का उद्धरण देता रहा, जिस मामले में मैं कुछ नहीं कर सकता था।

अंततः वह बोला, "ठीक है, चार्ली, अब मैं जा रहा हूँ, लेकिन तुम यह याद रखना : अगर *बाइबल* ग़लत है और तुम सही हो, तो ईसाइयों के पास खोने के लिए कुछ भी नहीं है। लेकिन अगर *बाइबल* सही है और तुम ग़लत हो, तो तुम्हारे पास खोने के लिए सब कुछ है।" इसके बाद उसने कहा, "प्रोटेस्टेंट, यहूदी और कैथोलिक बहुत सी बातों पर असहमत रहते हैं फिर भी वे इस बात को लेकर एकमत हैं : *बाइबल* ईश्वर का शब्द है।"

यह ईसाइयत की सबसे अच्छी पैरवी थी, जो मैंने कभी सुनी थी। मैंने उससे छुटकारा तो पा लिया, लेकिन उसे भूल नहीं पाया। मैंने उसी समय अपना मन बना लिया कि मैं तब तक भोजन नहीं करूँगा, पॉलिसी नहीं बेचूँगा, किसी से बात नहीं करूँगा, जब तक कि मैं यह निर्णय न ले लूँ कि क्या यह सच था।

अगर *बाइबल* सत्य नहीं हुई, तो मैं इसे कचरे के डिब्बे में फेंक दूँगा, रविवार की सुबह सोऊँगा और सप्ताह का अपना एक डॉलर बचा लूँगा। लेकिन अगर मैं इस नतीजे पर पहुँचता हूँ कि *बाइबल* सत्य है, तो मैं ईश्वर से कहूँगा कि वह मुझे ईसाई बना दे, चाहे इसमें किसी भी चीज़ की ज़रूरत हो या ईसाई चाहे जैसा होता हो।

मैं अच्छी तरह जानता था कि सफल होने के लिए मुझे ईश्वर की ज़रूरत नहीं थी। मुझे अमेरिकी बनने के लिए ईश्वर की ज़रूरत नहीं थी। मुझे पत्नी पाने के लिए ईश्वर की ज़रूरत नहीं थी। मुझे बच्चे पाने के लिए ईश्वर की ज़रूरत नहीं थी। लेकिन मुझे किसी चीज़ की ज़रूरत तो थी।

अब जब मैं पीछे पलटकर देखता हूँ, तो मुझे अहसास होता है कि मैं सच्चा प्रेम पाने का मतलब कभी नहीं समझ पाया था। मैंने प्रेम को उन अवरोधों के पार जाते कभी महसूस नहीं किया, जो हम सभी अपने दिल में खड़े करते हैं। मैं तब नहीं जानता था कि ऐसा प्रेम भी होता है।

तो उस दिन मैं लैंकास्टर की सड़कों पर कार चलाता रहा और सोचता रहा। मुझे अपने मित्र की एक और बात याद आई, जो चौंकाने वाली थी : "चार्ली, ऐसी कोई चीज़ नहीं

मैं तुम्हारे लिए जो सबसे मूल्यवान धरोहर छोड़कर जाना चाहता हूँ, वह है ईसा मसीह में मेरी आस्था, क्योंकि अगर तुम्हारे साथ वे हैं और कुछ नहीं है, तो भी तुम ख़ुश रहोगे, लेकिन अगर वे न हों और तुम्हारे पास सब कुछ भी हो, तो तुम कभी ख़ुश नहीं रहोगे।

—पैट्रिक हेनरी

है जो तुम ईश्वर की ख़ातिर कर सको; ईश्वर तुम्हारी ख़ातिर
यह सब करना चाहता है।" यह एक नई नीति थी। लोग मेरे
पास आकर कहते थे, "ईश्वर तुम जैसे इंसान का इस्तेमाल
कर सकता है।" मेरा जवाब होता था, "अगर ईश्वर को मेरी
ज़रूरत है कि मैं मदद करके उसे बाहर निकालूँ, तो वह पहले
ही बहुत मुश्किल में है।"

काफ़ी सोच-विचार करने के बाद मैंने अपनी कार रोकी
और अपना सिर झुकाकर बोला, "देखो ईश्वर, मैं यह सब
नहीं समझता हूँ, लेकिन न जाने क्यों पहली बार मैं यह मान
रहा हूँ कि *बाइबल* सत्य है और मैं पापी हूँ। मैं चाहता हूँ कि
तुम मुझे क्षमा कर दो, मेरे हृदय में विराजमान हो जाओ और
मुझे ईसाई बना दो, ईसा मसीह के नाम पर, आमीन।" मैंने
"आमीन" कहने के बाद अपना सिर उठाया और इंतज़ार किया
कि देवदूत अपने पंख फड़फड़ाएँगे या सितारे टूटकर जमीन पर
गिरने लगेंगे। मैंने धार्मिक बनने के बारे में सुना था और मैंने
सोचा, "वाहहह, अब कोई चमत्कारी चीज़ होने वाली है।" मैं
वहाँ बैठा रहा, लेकिन कुछ नहीं हुआ!

मैंने सोचा, "शायद ईश्वर सोचता है कि मैं अपनी पुरानी
शैली की प्रार्थना कर रहा हूँ।" मैं अक्सर प्रार्थना करता था
और कहता था, "ईश्वर, आज मुझे स्वच्छ हो जाने दो; मैं
एक नया पन्ना पलट लूँगा।" लेकिन वे प्रार्थनाएँ नहीं थीं। अब
ज़िंदगी में पहली बार अपने दिल की गहराई से मैं सच्ची प्रार्थना
कर रहा था। मैंने किसी बच्चे की तरह अपना सिर दोबारा
झुकाया और कहा, "हे ईश्वर, यह मेरा सच्चा इरादा है। मेरी
प्रार्थना सुनें। आमीन।"

मैंने अपना सिर दोबारा उठाया। अब भी कोई भावना नहीं थी। और यह बाक़ी के दिन भी नहीं आई – अगले दिन भी नहीं! लेकिन मुझे किसी चीज़ का अहसास हुआ। बचपन में मैं बड़ा होना और मर्द बनना चाहता था। मैं यह जानने के लिए बुरी तरह बेकरार था कि मर्द बनने में कैसा महसूस होता है। बारह साल की उम्र में मैं डैडी के दाढ़ी बनाने के बाद चुपके से बाथरूम में चला जाता था और उनका पुराना सीधा रेज़र और मग निकाल लेता था। लोगों ने मुझे बताया था कि रेज़र से दाढ़ी बनाने पर दाढ़ी ज़्यादा जल्दी निकलती है – वाह, मुझे मर्द बनने के लिए दाढ़ी की ही ज़रूरत थी।

मैं अपने डैडी के जूते पहन लेता था और उनका पैंट अपने पैरों से टिकाकर देखता था कि क्या मैं उनसे लंबा हो रहा हूँ। जब मेरी उम्र बीस साल और 364 दिन थी, तो सचमुच, जीता-जागता, लाल ख़ून वाले आदमी जैसा महसूस करने के लिए मुझसे एक और दिन इंतज़ार नहीं हो रहा था। फिर मेरा इक्कीसवाँ जन्मदिन आ गया, लेकिन उस दिन मुझे ज़रा भी अलग महसूस नहीं हुआ!

अब मुझसे यह जानने का इंतज़ार नहीं हो रहा था कि विवाहित बनने पर कैसा महसूस होता है। जब उस युवती ने मेरा विवाह प्रस्ताव स्वीकार किया, तो मैं जानता था कि मुझे सही क्यों महसूस नहीं हुआ – मैंने न उसके हस्ताक्षर लिए, न ही मुहर लगवाई और न ही कोई भाषण दिया। जब कोई मेरे पास होगा, जो पूरी तरह से मेरा होगा, तब मैं जानता था कि मैं वैसा महसूस करूँगा, जैसा इस वक़्त नहीं कर पा रहा था।

फिर मैं पादरी के सामने खड़ा हुआ और उनकी बात सुनी, "अब मैं तुम दोनों को पति-पत्नी घोषित करता हूँ।" अब वह मेरी हो गई थी। लेकिन मुझे ज़रा भी अलग महसूस नहीं हुआ। कुछ सप्ताह बाद अगर मैं पलंग पर लुढ़कते हुए कहता, "प्रिये, मुझे अब भी शादी-शुदा जैसा महसूस नहीं होता," तो उसने कहा होता, "फिर भी तुम शादी-शुदा हो और तुम इससे बाहर निकलने की कोशिश मत करना!"

इस बात से इंकार करने में कोई फ़ायदा नहीं था कि मैं शादी-शुदा था। मैंने उसे स्वीकार किया था और उसने मुझे स्वीकार किया था और हम शादी-शुदा थे। मुझे यह महसूस नहीं हो रहा था। लेकिन इस पर विश्वास करना ही बेहतर था! एक दिन मैंने ईश्वर के ख़िलाफ़ घमंड करना छोड़ दिया और उससे अपने जीवन में आने को कहा। ईश्वर ने कहा कि वह आएगा, मैंने इस बात पर विश्वास कर लिया और इससे मामला सुलझ गया।

कभी भी अपनी हवा में उड़ते हुए जीवन न जिएँ। भावनाओं को नज़रअंदाज़ कर दें। यह विलासिता सिर्फ़ उन्हीं लोगों के लिए है, जो सनक के सहारे जीते हैं। जो व्यक्ति सचमुच जीना सीख रहा है, वह जानता है कि निर्णय लेना और इस पर अटल रहना क्या होता है। जब भी कोई निर्णय लें, तो इसे अपना बनाएँ। इसकी ख़ातिर जिएँ। इसे अपने हृदय पर अंकित कर लें। याद रखें, आपके निर्णय किसी दूसरे को नहीं लेना चाहिए; इंसान को अपने निर्णय ख़ुद लेना चाहिए।

मेरे पहले और बाद के विचार

जीवन में सबसे सर्वश्रेष्ठ सबक़ वे नहीं हैं, जो मुझे नई चीज़ें सिखाते हैं, बल्कि वे हैं, जो मुझे कुछ पुरानी चीज़ें भूलने में मदद कर रहे हैं।

अचूक विकास का फ़ॉर्मूला : पचास साल की असफलता को पंद्रह साल में भर लो।

जीवन में इंसान की सबसे बड़ी चुनौती इंसान होने में नहीं है, बल्कि ईश्वर का इंसान बनने में है।

किसी कंपनी का लक्ष्य ज़्यादा लोगों को अपनी कंपनी में लाना नहीं होना चाहिए, न ही अपने कर्मचारियों पर ज़्यादा काम लादना होना चाहिए; सबसे बड़ी चुनौती तो इंसान को ज़्यादा इंसान बनाना है।

जहाँ आप नहीं हैं, वहाँ ज़्यादा उपयोगी होने की चिंता नहीं करें; आपके पास जो सर्वश्रेष्ठ नौकरी होगी, वह वही है जिसे आप इस समय कर रहे हैं। किसी भी नौकरी ने कभी किसी इंसान को नहीं बनाया है, लेकिन सही व्यक्ति किसी भी नौकरी को बेहतरीन बना सकता है।

इंसान तब तक कभी असफल नहीं होता, जब तक कि वह किसी दूसरे पर दोष नहीं मढ़ता है।

यह महत्त्वपूर्ण नहीं है कि हर व्यक्ति आप जैसा है, लेकिन यह बहुत महत्त्वपूर्ण है कि वहाँ पर कोई ठीक आप जैसा है।

अपना जीवन सही निर्णय लेने की कोशिश में न बिताएँ; अपने जीवन का निवेश निर्णय लेने और उन्हें सही तरीक़े से पूरा करने में करें।

—चार्ल्स "टी" जोन्स

MOUNTAIN CLIMBING MADE EASY

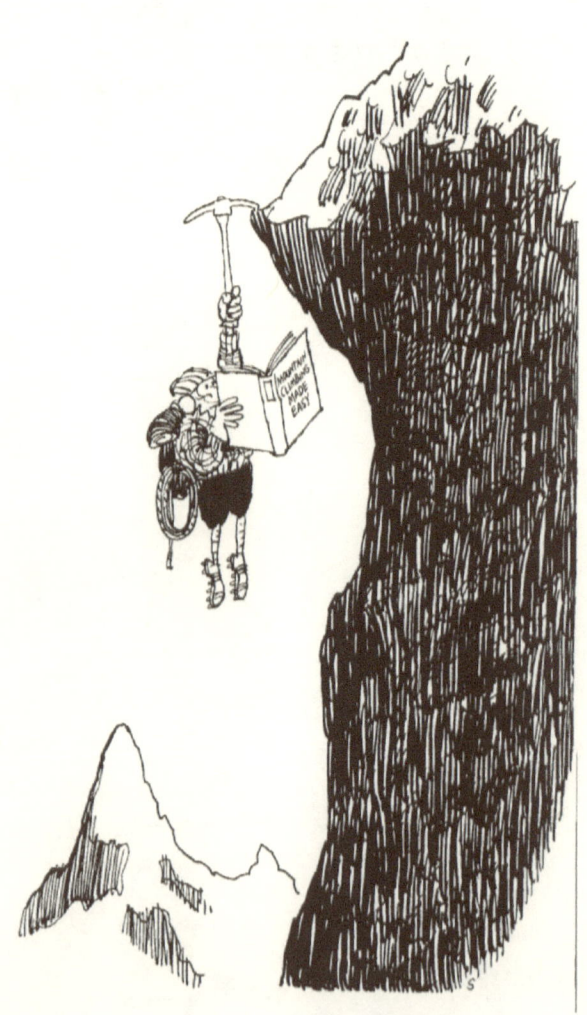

4

लीडर अच्छे पाठक होते हैं

मैंने जो महानतम विचार सुने हैं, उनमें से एक यह है, "आप पाँच साल बाद वही होंगे, जो आप आज हैं; फ़र्क़ सिर्फ़ उन लोगों से पड़ेगा, जिनसे आप मिलते हैं और उन पुस्तकों से पड़ेगा, जिन्हें आप पढ़ते हैं।" देखिए, यह पूरी तरह सच है।

कई साल पहले किसी ने मुझे *वेक अप ऐंड लिव* पुस्तक दी थी। यह पुस्तक बेहतरीन है, क्योंकि यह रोमांचक अंदाज़ में बताती है कि सफल होने का क्या मतलब होता है। मेरे लिए एक हताशाजनक खोज यह थी कि मैं सफल होने के लिए जितना कर रहा हूँ, उससे ज़्यादा असफल होने के लिए कर रहा हूँ। किसी ने मुझसे पूछा था, "अगर आप सफल होने के बजाय असफल होने के लिए ज़्यादा कर रहे हैं, तो फिर आप इतने सफल कैसे हो गए?" मैं किसी श्रेय का दावा नहीं करता हूँ; मैं क्या कर सकता हूँ, अगर दूसरे लोग असफल होने की मुझसे ज़्यादा कड़ी कोशिश कर रहे हैं?

मुझे बताएँ : कौन सी चीज़ें हमें असफल करती है? चिंता, डर, अनिश्चितता, असुरक्षा, स्वार्थ, ईर्ष्या, कृतघ्नता, चिड़चिड़ापन, अव्यवस्थित रहना... क्या आप सोचते हैं मैंने

इन पर कभी कोई कोर्स किया था? मैं इन सबमें माहिर हूँ। वे स्वाभाविक रूप से मेरे पास आई हैं।

लेकिन वास्तविक बनने, विकास करने के लिए किन चीज़ों की ज़रूरत होती है? इसमें साहस, गर्मजोशी, गहराई, ईमानदारी, आस्था, कृतज्ञता, निःस्वार्थता की ज़रूरत होती है... मुझमें स्वाभाविक रूप से हर उस चीज़ का अभाव है, जो सफलता पाने के लिए ज़रूरी है। निश्चित रूप से मैं इसका नाटक कर सकता हूँ, लेकिन कई बार जब कोई अभिनेता बनना सीख जाता है, तो उसके पैरों तले का कालीन खींच लिया जाता है।

मैं अभिनेता या असफल इंसान नहीं बनना चाहता, लेकिन मुझे मदद की ज़रूरत है। पुस्तकों ने मुझे चीज़ों के बारे में सोचने और कुछ अद्भुत विचारों को शब्दों में ढालने में मदद की है, जो पढ़े बिना संभव नहीं था।

मैं उस रोमांच को कभी नहीं भूल पाऊँगा, जब मैंने अद्भुत सत्यों से भरी एक पुस्तक पढ़ी, जो पूरी तरह से मेरी उस वक़्त की धारणाओं के विपरीत थी। पहली पुस्तक के बाद मुझे वैसी ही दूसरी पुस्तकें मिल गईं और इनमें से कई अद्भुत सत्य पचास या सौ साल पहले लिखे गए थे।

मैं इन विचारों को बढ़ाने लगा। मैं एक ही पुस्तक की ढेर सारी प्रतियाँ ख़रीद लेता था और अपने ऑफ़िस में आने वाले हर व्यक्ति को एक पुस्तक थमा देता था। अगर वे पढ़ना नहीं चाहते थे – तब भी उन्हें एक पुस्तक थमा दी जाती थी। मैं जानता था कि किसी न किसी समय उनमें पढ़ने की इच्छा जागेगी, और ये पुस्तकें उनका इतना ज़्यादा भला कर सकती थीं, जितना ट्रक भरकर गोलियाँ नहीं कर सकती थीं।

पुस्तकों ने मेरा जीवन बदलना शुरू कर दिया और मेरे मित्रों तथा सहयोगियों का भी। फिर मुझे अहसास हुआ कि मैंने अपने जीवन के सबसे महत्त्वपूर्ण व्यक्तियों को तो नज़रअंदाज़ ही कर दिया था – मेरा परिवार। मेरा सबसे बड़ा बेटा जेरे उस वक़्त 14 साल का था। वह आधुनिक किशोर का आदर्श उदाहरण था। वह कभी कोई चीज़ ग़लत नहीं करता था; वह कभी कोई चीज़ सही नहीं करता था; वह कभी कुछ करता ही नहीं था! ओह, वह खेलों में समय बिताता था। स्कूल के ऑनर बोर्ड की सूची में उसका नाम आ गया था। लेकिन जब जगमगाने की बात आती थी, तो वह मुर्दा था। वह इतना अंतर्मुखी था कि मौन प्रार्थना का भी अगुआ नहीं बन सकता था!

ज़्यादातर पिताओं की तरह मैं भी आलोचना करता रहता था कि नेता वॉशिंगटन में क्या कर रहे हैं, लेकिन एक दिन मुझे अहसास हुआ कि अपने घर पर मैं जो योजनाएँ चला रहा था, वे उससे भी बुरी थीं, जो नेता सरकार में बैठकर चला रहे थे। मैंने निर्णय लिया कि यह बदलने का समय था और चूँकि पुस्तकों ने मेरे जीवन में इतनी ज़्यादा मदद की थी, इसलिए मैंने अपने बेटे के साथ उनका इस्तेमाल करने का फ़ैसला किया।

मैं जानता था कि अगर मैंने जेरे को पढ़ने के लिए मजबूर किया, तो वह बग़ावत कर देगा, इसलिए मैंने एक तरकीब सोची। आप जानते हैं, आप घोड़े को पानी तक तो ले जा सकते हैं, लेकिन आप उसे पानी पिला नहीं सकते – देखिए, मैंने जेरे के चारे में थोड़ा नमक डाल दिया, ताकि उसकी प्यास जाग जाए।

"जेरे, दो साल बाद तुम यह कहोगे कि कार ख़रीदने में तुम्हारी मदद करूँ और मैं तुम्हारी मदद करना चाहता हूँ। लेकिन मैं तुम्हें पैसा नहीं दूँगा। मेरा प्रस्ताव यह है। तुम जो

भी पुस्तक पढ़ोगे, हर पुस्तक के लिए मैं तुम्हें 10 डॉलर दूँगा। मैं पुस्तक चुनूँगा, तुम मुझे एक लिखित रिपोर्ट देना और मैं कार फ़ंड में 10 डॉलर डाल दूँगा। अगर तुम शानदार गति से पढ़ोगे, तो तुम शानदार गति से गाड़ी चलाओगे। लेकिन अगर तुम सुस्ती से पढ़ोगे, तो तुम सुस्त लोगों की तरह चलाओगे।" रातोंरात उसमें पढ़ने की अद्भुत भूख जाग गई।

पहली पुस्तक जो मैंने उसे दी, वह थी डेल कारनेगी की पुस्तक *हाउ टु विन फ़्रेंड्स ऐंड इन्फ़्लुएंस पीपुल।* मैं कभी नहीं भूल पाऊँगा, जब वह अगले दिन खुलकर मुस्कराता हुआ सीढ़ियों से नीचे उतरा और बोला, "डैडी, इसमें मुस्कराने और हाथ मिलाने पर पूरा अध्याय है!" और वह मेरी ओर देखकर मुस्करा रहा था - सिर्फ़ 14 साल की उम्र में! मैं कुछ ऐसे लोगों को जानता हूँ, जिनकी ज़िंदगी बीत जाती है, लेकिन फिर भी वे मुस्कराना और उत्साहपूर्वक हाथ मिलाना नहीं सीख पाते हैं!

अगली पुस्तक जो मैंने उसे पढ़ने को दी, वह थी डी. ली चेसनट की *द एटम स्पीक्स।* लेखक चेसनट जनरल इलेक्ट्रिक के सेल्स मैनेजर थे और उनकी पुस्तक ने जीवन के आध्यात्मिक और वैज्ञानिक पहलुओं को एक सूत्र में बाँध दिया था। मैंने उसे यह पुस्तक इसलिए पढ़वाई, क्योंकि मैं जानता था कि जब वह कॉलेज जाएगा, तो शायद वह "प्रिय डैडी" वाले पत्र लिखेगा :

प्रिय डैडी,

आपका धर्म प्रासंगिक नहीं है। मैं आपके ईश्वर में विश्वास नहीं करता। अलविदा।

मैं यह सुनिश्चित करना चाहता था कि जब वह कॉलेज जाए, तो वह ईश्वर में मेरी आस्था के साथ न जाए, बल्कि ईश्वर में उसकी अपनी आस्था के साथ जाए, और अगर उसकी आस्था कारगर नहीं थी, तो यह उसका दोष था। कोई भी बच्चा अपने माता-पिता की आस्था के सहारे नहीं चल सकता; उसके पास ख़ुद की आस्था होनी चाहिए। मैं उसे उस प्रोफ़ेसर के लिए भी तैयार करना चाहता था, जो ईश्वर को अनावश्यक साबित करने की कोशिश कर सकता था।

मेरा हृदय उस लड़के के लिए दुखता है, जिसके डैडी उसे जीवन के क्यों और कैसे के बारे में सिखाए बिना ही उसे शिक्षा के लिए भेज देते हैं। मुझे एक अग्रणी एक्ज़ीक्यूटिव की कही बात पसंद है : "प्रबंधन विकास में अपनी पूरी ज़िंदगी बिताने के बाद मुझे यह विश्वास हो गया है कि आध्यात्मिक विकास शिक्षा से ज़्यादा महत्त्वपूर्ण है; हो सकता है कि आप शिक्षा प्राप्त कर लें, लेकिन आपका विकास न हो पाए, लेकिन अगर आप आध्यात्मिक रूप से विकास करते हैं, तो संभव ही नहीं है कि आपको शिक्षा न प्राप्त हो।"

मैंने जेरे को इंग्लैंड के पादरी एलन रेडपाथ की पुस्तक दी थी, यह मैं कभी नहीं भूल पाऊँगा। यह *बाइबल* में जोशुआ के जीवन के बारे में है। यह पुस्तक ओल्ड टेस्टामेंट को सजीव बना देती है। यह आपको सिखाती है कि आप शानदार तरीक़े से कैसे हार सकते हैं! मैंने जेरे को बताया, "जीतने के

इंसान तभी अच्छा पढ़ता है, जब वह मन में किसी बहुत व्यक्तिगत लक्ष्य को रखकर पढ़ता है।

—पॉल वैलेरी

लिए जियो, लेकिन जब तुम हारो, तो वाह! इसका आनंद लो और अगले युद्ध की ओर चल दो।" जेरे यह बात तब तक नहीं समझ पाया, जब तक कि मैंने उसे रेडपाथ की पुस्तक नहीं दी।

इस पुस्तक में एक प्रसंग बताता है कि दो पादरी सड़क पर मिले। एक पादरी दूसरे से कहता है, "मैंने सुना है कि तुमने अपने चर्च में भारी पुनरुत्थान कर दिया।"

उसने कहा, "निश्चित रूप से।"

"तुमने कितने लोग जोड़े?"

"एक भी नहीं, लेकिन हमें कुछ लोगों के कम होने का वरदान मिला था!"

आपने देखा, जीतने के लिए आपको पाना नहीं होता है; कई बार आप खोकर भी जीत जाते हैं। एक बार हम संडे स्कूल जा रहे थे और मैंने कहा, "जेरे, तुम्हारी मेरे मित्र एलन रेडपाथ के साथ कैसी पटरी जम रही है?"

जेरे ने देखा और कहा, "डैडी, वह पुस्तक तो हर इंसान को पढ़नी चाहिए।" फिर उसने हाथ बढ़ाकर मेरे पैर पर प्रहार किया और कहा, "नहीं डैडी, हर एक को वह पुस्तक अनिवार्य रूप से पढ़ाई जानी चाहिए!" पंद्रह साल तक मेरा लड़का मेरे घर में मुर्दों की तरह पड़ा हुआ था और अब उसके दिमाग़ में शेर घुस गया था!

जेरे ने अंततः बाईस पुस्तकें पढ़ीं। क्या उसने कार ख़रीदी? नहीं, उसने पैसे को अपने पास रखा और मेरी कार तथा मेरी गैस का इस्तेमाल किया। क्या उसने "प्रिय डैडी" पत्र लिखा? हाँ और नहीं। कॉलेज जाने के बाद उसने मुझे

हर दिन "प्रिय डैडी" कार्ड लिखा, लेकिन उसके शब्दों ने मुझे रोमांचित कर दिया। उसने हर दिन एक नए विचार या किसी पुराने विचार पर नए दृष्टिकोण के बारे में लिखने की आदत डाली, जो उसके दिमाग़ में आया था। ये विचार उसके दिमाग़ में पढ़ने से आए थे। इनमें से कुछ ज़बर्दस्त विचारों की प्रेरणा उसे किस पुस्तक के किस पन्ने से मिले, मैं यह तक बता सकता हूँ, क्योंकि मैंने ही उन पुस्तकों को पढ़ने के लिए उसे पैसे दिए थे!

यहाँ जेरे के कुछ नोट्स हैं, जो दिखाते हैं कि पुस्तकों ने उसके - और उसके डैडी के लिए क्या किया था!

प्रिय डैडी,

एकमात्र ख़ुश इंसान, सफल इंसान, आत्मविश्वासी इंसान या व्यवहारिक इंसान वही है, जो सादगीपूर्ण है। बड़ा देखें - सरल रखें। जब तक उसका मन सारे जवाबों को व्यक्तिगत प्रोत्साहन के एक शक्तिशाली प्रहार में घनीभूत नहीं कर सकता, तब तक वह अनिश्चितता और डर में ही जीता रहेगा।

अद्भुत रूप से आपका,
जेरे

डैडी,

यह जानना अद्भुत है कि जब आप निराशा के दौर में हों, तो जिस तरह बास्केटबॉल खिलाड़ी समय के साथ इसे तोड़कर बाहर निकलता है, उसी तरह आप भी अपनी निराशा को तोड़कर बाहर निकलेंगे। हाँ, समय वाक़ई परिस्थितियों का इलाज कर देता है। जैसा आपने कहा था, आपकी समस्याएँ

कम नहीं होती हैं, आपको तो बस ज़्यादा बड़ी और बेहतर समस्याएँ मिल जाती हैं। अद्भुत समस्याएँ!

अद्भुत रूप से आपका

जेरे

डैडी,

अभी-अभी 100 ग्रेट लाइव्ज़ पढ़ना शुरू किया है। आपने सामने वाले पेज पर जो कहा है, उसके लिए धन्यवाद - यह बात कि हर महान इंसान ने कभी महान नहीं बनना चाहा; उसने तो बस अपने सपने का अनुसरण किया और वह किया, जो करने की ज़रूरत थी!

प्यार,

जेरे

डैडी,

मैंने अभी-अभी बाइबल और नेपोलियन हिल के छोटे-छोटे उद्धरण टाइप करना ख़त्म किया है, ताकि वे हर जगह लगे रहें, जहाँ मैं उन्हें देख सकूँ। जब लोग मुझसे पूछते हैं कि वे क्या हैं, तो मैं उन्हें बता दूँगा। वे मेरे बोर्ड पर लगे हैं।

जेरे

डैडी,

मुझे अब पहले से ज़्यादा विश्वास है कि इंसान जो चाहे वह कर सकता है; इंसान किसी को भी किसी चीज़ में हरा सकता है और इसके लिए उसे सिर्फ़ कड़ी मेहनत करनी होती है। बाधाओं का कोई मतलब नहीं होता, क्योंकि अक्सर जिन

लोगों के पास ये नहीं होतीं, उनका नज़रिया ख़राब होता है
और वे काम नहीं करना चाहते।

जेरे

डैडी,

कुछ नया नहीं है, बस वही पुराना रोमांचक विचार है कि
हम इस अद्भुत जीवन में ईश्वर को व्यक्तिगत रूप से और
हमेशा के लिए जान सकते हैं!

जेरे

डैडी,

ईश्वर का हृदय इतना अविश्वसनीय है। वह हमारी तरफ़
विरोधाभास उछालता रहता है। वह हमें पूरी तरह से असहाय
और पथभ्रष्ट बना देता है; और फिर वह उस असफलता को
लेता है जो सामान्य तौर पर हमें पछाड़ देती है - और इसे
हमारी सबसे बड़ी संपत्ति बना देता है।

जेरे

डैडी,

जब आप चौथी तिमाही में दो पेपर पीछे हों और आप
खेल से थक चुके हों और आपको खेल में बने रहने के लिए
यह काम करना ही हो और मैदान में जाने पर अपनी ओर
पाँच भीमकाय इम्तिहानों को घूरते देखते हैं, तो यह पता लगाने
का इंतज़ार करना निश्चित रूप से रोमांचक होता है कि इसके
बाद ईश्वर का अगला दाँव कौन सा होगा। वाह!

जेरे

अब आप समझे कि मैं पुस्तकों की शक्ति में विश्वास क्यों करता हूँ! मैं अच्छी चीज़ें बाँटना पसंद करता हूँ, इसीलिए मैं इनमें से कुछ अनुभव देश भर के श्रोताओं को बताता हूँ। न्यू ऑरलिएंस में एक आदमी मुझसे बोला कि उसने डलास में मेरा व्याख्यान सुनने के बाद अपने बेटे को पढ़ने में लगा दिया था और वह परिणामों के बारे में उत्साही था।

उसने मेरा अभिवादन किया, "मैं आपसे ज़्यादा अच्छा सेल्समैन हूँ।" मैंने पूछा, "वह कैसे?" उसने कहा, "मैंने अपने बेटे को केवल पाँच डॉलर में एक पुस्तक पढ़ने के लिए राज़ी कर लिया।"

फिर उसने आगे कहा : "अगर मुझे पहले से पता होता कि ये पुस्तकें मेरे बेटे के लिए क्या करेंगी, तो मैं उसे एक पुस्तक के लिए 100 डॉलर भी ख़ुशी-ख़ुशी दे देता। मैं तो एक पुस्तक के 1,000 डॉलर तक भी जा सकता था - समस्या सिर्फ़ इतनी है कि हमारे छह बच्चे हैं!"

जब लोग जेरे की पढ़ी पुस्तकों के नाम पूछने लगे, तो मैंने शीर्षकों की सूची प्रिंट करा ली और हज़ारों सूचियाँ बाँटीं। बाद में मैंने निर्णय लिया कि प्रेरक पुस्तकों को विभिन्न प्रकार के पाठकों तक पहुँचाने का सबसे अच्छा तरीक़ा यह था कि ख़ास आवश्यकताओं और रुचियों को पूरा करने के लिए उत्कृष्ट पेपरबैक पुस्तकों का समूह संकलित किया जाए।

मैंने लीडर्स, सेल्समैन, पत्नियों, किशोरों, चर्च कार्यकर्ताओं और माताओं के लिए पुस्तकों के "पावर पैक" बना दिए और उन्हें नाम मात्र के भुगतान पर बेचने की पेशकश की। मैं गारंटी देता है कि जो भी इन पुस्तकों को लगातार पढ़ेगा, उसे सतत व्यक्तिगत क्रांति का अनुभव होगा। स्थान की कमी पुस्तकों की

सामग्री पर ज़्यादा बताने की अनुमति नहीं देती है, लेकिन इसके बावजूद मैं पावर पैक्स के कुछ विचार रेखांकित करना चाहूँगा, जो लोगों के लिए बहुत मायने रखते हैं।

हाउ टु विन ओवर वरी, जॉन हैगेइ

आपकी ख़ुद की मानसिक शांति के लिए कम से कम एक चीज़ में उत्कृष्ट बनें। अपनी सारी शक्तियाँ काम पर केंद्रित कर लें। अपने संसाधनों को एकत्रित कर लें, अपनी सारी शक्तियों को एकजुट करें, अपनी सारी ऊर्जाओं को घनीभूत करें, अपनी सारी क्षमताओं को प्रयास के कम से कम एक क्षेत्र में महारत हासिल करने पर केंद्रित कर लें।

यह विभाजित मानसिकता का "अचूक" तोड़ है। अपनी आग को बिखेरना बंद कर दें। हर चीज़ में श्रेष्ठ बनने के चक्कर में आधी-अधूरी रुचियों को बंद कर दें। अपने जीवन के लिए ईश्वर की इच्छा का पता लगाएँ। उसकी सहायता और शक्ति लें, जिसके ज़रिये आप सारी चीज़ें कर सकते हैं। महारत हासिल करने की कोशिश करें – और योग्यता के ज़रिये चिंता को मारने वाली शांति का अनुभव करें।

द रीज़न व्हाई, रॉबर्ट ए. लेडलॉ

मान लें, एक युवक अपनी मँगेतर को एक हीरा भेजता है, जिसकी लागत 500 डॉलर है। वह इसे एक छोटे से केस में रख देता है, जिसे सुनार ने मुफ़्त में दिया था। वह कितना निराश होगा, अगर कुछ दिनों बाद मिलने पर मँगेतर यह बोले, "प्रिये, तुमने मुझे जो प्यारा छोटा केस

भेजा था, वह सुंदर था। इसकी ख़ास परवाह करने के लिए मैं वादा करती हूँ कि मैं इसे किसी सुरक्षित जगह पर बंद ही रखूँगी, ताकि इसे कोई नुक़सान न हो।"
मूर्खतापूर्ण लगता है, है ना? लेकिन यह भी उतना ही मूर्खतापूर्ण है कि इस संसार के स्त्री-पुरुष अपना सारा समय और विचार अपने शरीर पर लगा रहे हैं, जो सच्चे स्वरूप यानी आत्मा के केवल आवरण हैं।

बाइबल हमें बताती है, "जब हमारा शरीर मिट्टी में मिल जाएगा, उसके लंबे समय बाद भी हमारी आत्मा क़ायम रहेगी। आत्मा अनमोल है।"

साइको-साइबरनेटिक्स, मैक्सवेल माल्ट्ज़

हम अक्सर इस तथ्य को नज़रअंदाज़ कर देते हैं कि इंसान में भी सफलता की इंद्रिय होती है, जो किसी भी अन्य प्राणी से ज़्यादा अद्भुत और जटिल होती है। संसार बनाने वाले ने इंसान को कम नहीं दिया है। दरअसल इंसान को इस संदर्भ में ख़ास तौर पर वरदान मिला है। पशु अपने लक्ष्य नहीं चुन सकते। उनके लक्ष्य (आत्म-सुरक्षा और प्रजनन) पहले से तय होते हैं। उनकी सफलता का तंत्र इन पहले से बनी लक्ष्य-छवियों तक ही सीमित है, जिन्हें हम "सहज बोध" कहते हैं।

दूसरी तरफ़ इंसान के पास एक ऐसी चीज़ है, जो पशुओं के पास नहीं है - सृजनात्मक कल्पना। इस तरह संसार के सारे प्राणियों में मनुष्य ही है, जो प्राणी से अधिक है; वह सृजनकार भी है। अपनी कल्पना से वह बहुत तरह के लक्ष्य बना सकता है। मनुष्य अकेला अपनी कल्पना या "छवि बनाने" की योग्यता के इस्तेमाल

से अपनी सफलता के यंत्र को निर्देशित कर सकता है। (ऊपर बताई सारी पुस्तकें लीडर वाले पावर पैक में हैं।)

अ वुमैन्स वर्ल्ड, क्लाइड एम. नरामोर

आप एक बुद्धिमान इंसान हैं। ईश्वर ने आपको एक जिज्ञासु मस्तिष्क दिया है। लेकिन अगर आप मानसिक उद्दीपन की इसकी माँग को संतुष्ट नहीं कर रहे हैं, तो आप बासी और अरुचिकर बन जाएँगे।

बुद्धिमत्ता कोई ऐसा गुण नहीं है, जो पुरुषों या कुछ प्रतिभाशाली महिलाओं की बपौती हो। हर इंसान में बौद्धिक गुण होते हैं। दुर्भाग्य से, कुछ महिलाएँ घर या ऑफ़िस की दिनचर्या में इतनी मसरूफ़ हो जाती हैं कि अपनी बौद्धिकता को पिचका देती हैं। महत्त्वपूर्ण घटक सिर्फ़ यही नहीं है कि आप क्या सीखते हैं, बल्कि स्व-विकास के प्रति आपका नज़रिया भी है। जब आप सतत विकास के महत्त्व को देख लेते हैं, तो आपके आस-पास की परिस्थितियाँ ऊपर चढ़ने की सीढ़ियाँ बन जाती हैं। जीवन में आप जो ज्ञान आत्मसात करते हैं, उसमें से ज़्यादातर अनौपचारिक ढंग से मिलता है। जब आप विवेक की अपनी शक्तियों को पैना करना और ज़्यादा अवलोकन करने के लिए खुद को प्रशिक्षित करना सीख लेंगे, तो एक पूरा नया संसार आपके सामने प्रकट हो जाएगा। यहाँ तक कि सामान्य चीज़ें भी नया अर्थ ले लेंगी।

एडवाइस फ़्रॉम अ फ़ेल्योर, जो कूडया

कई लोग यदि दूसरे लोगों के साथ वैसा व्यवहार करें, जैसा वे अपने जीवनसाथी के साथ करते हैं, तो जल्दी

ही एक दिन ऐसा आएगा, जब संसार में उनका एक
भी मित्र नहीं रहेगा। यह क्यों मान लिया जाता है कि
असभ्यता के प्रभाव विवाह पर उतने नहीं होते, जितने
कि मित्रता पर होते हैं। मैं नहीं जानती कि ऐसा क्यों हैं,
लेकिन मैंने जितने भी लोग देखे हैं, उनमें केवल हेडवेटर,
ट्रक ड्राइवर और विवाहित दंपति लगातार अपमानजनक
व्यवहार करते हैं। अगर मुझे विवाह पर कोई बैनर
बनाना हो, तो वह यह होगा : प्रिय, हमें एक दूसरे के
साथ अच्छा व्यवहार करना चाहिए।

(ये पत्नी के पावर पैक की 13 शक्तिशाली पुस्तकों में से दो हैं।)

आई डेयर यू, विलियम डैनफ़ोर्थ

एच.जी. वेल्स बताते हैं कि हर इंसान यह कैसे तय कर
सकता है कि वह जीवन में सचमुच सफल हुआ है या
नहीं। वे कहते हैं : "दौलत, कुख्याति, पदवी और शक्ति
सफलता का कोई पैमाना नहीं है। सफलता का एकमात्र
सच्चा पैमाना यह अनुपात है कि हम कितना कर सकते
थे या हम कितना बन सकते थे और दूसरी तरफ़ हमने
कितना किया या हम क्या बने।"

मैं चाहता हूँ कि आप अपने जीवन में एक धर्मयुद्ध
शुरू करें - अपना सर्वश्रेष्ठ बनने का साहस करें। मैं
मानता हूँ कि आपने अब तक जितना दर्शाया है, आप
उससे बेहतर, ज़्यादा सक्षम हैं। आप वह इंसान नहीं हैं
जो आपको होना चाहिए, इसका एकमात्र कारण यह है
कि आपने इसका साहस नहीं किया। एक बार जब आप
साहस कर लेते हैं, एक बार जब आप भीड़ के साथ
भटकना छोड़ देते हैं और साहस के साथ जीवन का

सामना करते हैं, तो जीवन एक नया महत्त्व लेने लगता है। आपके भीतर नई शक्तियाँ आकार लेने लगती हैं।

युअर *गॉड इज़ टू स्मॉल*, जे.बी. फ़िलिप्स

ऐसा लगता है कि ईसा मसीह की रणनीति उन चंद लोगों की वफ़ादारी जीतने की थी, जो जीवन की एक नई शैली पर ईमानदारी से प्रतिक्रिया करें। वे नई व्यवस्था के प्रवर्तक होंगे। वे बहुसंख्यक मानव जाति के अज्ञान, स्वार्थ, बुराई, "नाटक" और उदासीनता के ख़िलाफ़ प्रगति के अगुआ होंगे। जो लक्ष्य उनके सामने तय किया गया था, जिसके लिए उन्हें काम और प्रार्थना करनी थी – और अगर ज़रूरत पड़े, तो कष्ट उठाना और मरना भी था – वह था आंतरिक चरम निष्ठा का नया साम्राज्य बनाना, ईश्वर का साम्राज्य बनाना। यह जाति और – यह महत्त्वपूर्ण है – काल व स्थान के मोर्चों की हर बाधा के ऊपर उठना था।

पब्लिक स्पीकिंग, डेल कारनेगी

आप हों या मैं, हम संसार से सिर्फ़ चार तरीक़ों से संपर्क करते हैं। हमारा मूल्यांकन और वर्गीकरण चार चीज़ों से होता है : हम क्या करते हैं, हम कैसे दिखते हैं, हम क्या कहते हैं और हम उसे किस तरह से कहते हैं। लेकिन बहुत सारे लोग जीवन भर ग़लतियाँ करते जाते हैं, स्कूल-कॉलेज से निकल जाते हैं, अपने शब्द भंडार को समृद्ध करने की कोई चेतन कोशिश नहीं करते हैं, अर्थ में माहिर बनने या सटीकता और उत्कृष्टता से बोलने का कोई प्रयास नहीं करते हैं। ऐसा इंसान आदतन उन्हीं शब्दों का इस्तेमाल करता है, जो ऑफ़िस और

सड़कों पर बहुत ज़्यादा बोले जाते हैं और जिनके अर्थ घिसे-पिटे होते हैं। कोई हैरानी नहीं कि उसकी बातचीत में विशिष्टता और व्यक्तिगत छाप का अभाव होता है।

(किशोरों के पावर पैक में नौ अन्य जीवन बदलने वाली पुस्तकें भी हैं।)

दैट इनक्रेडिबल क्रिश्चियन, ए. डब्ल्यू. टोजर

क्रॉस पहनने वाला ईसाई पक्का निराशावादी और आशावादी दोनों होता है, जिस तरह का इंसान पृथ्वी पर कहीं और नहीं पाया जाता है।

जब वह क्रॉस को देखता है, तो वह निराशावादी होता है, क्योंकि वह जानता है कि जो दंड ईसा मसीह को मिला था, वही इंसानों की पूरी प्रकृति और संसार की निंदा करता है। वह ईसा मसीह से हर मानवीय आशा को अस्वीकार कर देता है, क्योंकि वह जानता है कि इंसान का सबसे उदात्त प्रयास सिर्फ़ धूल पर धूल जमाने जैसा है।

लेकिन वह शांति से, आराम से आशावादी होता है। यदि क्रॉस संसार की निंदा करता है, तो ईसा मसीह का पुनरुज्जीवन पूरी सृष्टि में अच्छाई की चरम विजय की गारंटी देता है। ईसा मसीह के माध्यम से अंत में सब कुछ सही हो जाएगा और ईसाई व्यक्ति जीवन के अंत का इंतज़ार करता है। अविश्वसनीय ईसाई!

द *रिलीज़ ऑफ़ द स्पिरिट*, वॉचमैन नी

जो ईश्वर की सेवा करता है, उसे देर-सबेर पता चलेगा कि उसके काम की बड़ी बाधा दूसरे लोग नहीं, बल्कि

वह स्वयं है। उसे पता चलेगा कि उसका बाहरी व्यक्तित्व और उसका अंदरूनी व्यक्तित्व सामंजस्य में नहीं हैं, क्योंकि दोनों में विपरीत दिशाओं में चलने की प्रवृत्ति होती है। उसे अनुभूति होगी कि उसका बाहरी व्यक्ति आत्मा के नियंत्रण में रहने में अक्षम है और इस तरह वह ईश्वर की सर्वोच्च आदेशों का पालन करने में अक्षम है। वह जल्दी ही खोज लेगा कि सबसे बड़ी मुश्किल उसके बाहरी व्यक्तित्व में निहित है, क्योंकि यह उसे उसकी आत्मा का इस्तेमाल करने से रोकता है।

(ये पुस्तकें, चर्च कर्मचारी के पावर पैक की 11 अन्य पुस्तकों की तरह हमारी समस्याओं की जड़ में और ईश्वर के समाधानों के केंद्र तक जाती हैं।)

पुस्तकों के नए समूह द फ़ैमिली पावर पैक में द लिविंग न्यू टेस्टामेंट है - आधुनिक भाषा में व्याख्या, न्यू टेस्टामेंट पुस्तकों के दो सचित्र किशोर संस्करण और स्पिरिट-कंट्रोल्ड टेम्परामेंट भी, व्यक्तित्व और आध्यात्मिक समस्याओं पर बेहद व्यवहारिक पुस्तक, जिसे पादरी-परामर्शदाता टिम लाहाए ने लिखा है।

ज़रूरी नहीं है कि पाठक हमेशा लीडर हों, लेकिन लीडर लगभग हमेशा पाठक होते हैं। जो व्यक्ति नया रास्ता बना रहा है या गति तय कर रहा है, वह मानसिक और शारीरिक रूप से थक या सूख सकता है, क्योंकि मस्तिष्क को भोजन की ज़रूरत होती है। लीडर के पावर पैक की दस पुस्तकें पिता, पति, सेल्समैन, मैनेजर, नागरिक और सेवक के रूप में मेरे लिए बेहद मददगार रही हैं। कई अन्य पुस्तकें भी इस सूची में जोड़ी जा सकती हैं, लेकिन इनमें से कोई पाँच इस प्रोजेक्ट को आपके जीवन की सबसे लाभकारी गतिविधि बना सकते हैं।

पेशेवर और व्यक्तिगत दृष्टि से हर पावर पैक भविष्य में ठोस निवेश है। हम ये पुस्तकें लाइफ़ मैनेजमेंट सर्विसेस के माध्यम से देते हैं, क्योंकि हमें यक़ीन है कि वे जीवन को रोमांचक, संतुष्टिदायक, अद्भुत बना सकती हैं! मुझे विश्वास है कि सही दृष्टि से प्रोत्साहित लोगों के हाथों और हृदयों में सही पुस्तकें आ जाएँ, तो उनके संसार का सही दिशा में कायाकल्प हो सकता है!

प्रेरक पुस्तकें पढ़ने में याद रखने वाला एक बुनियादी नियम यह है : आप केवल वही रख पाते हैं और केवल उसी का आनंद ले पाते हैं, जिसे आप बाँटते और देते हैं। अगर आप देने और बाँटने के उद्देश्य से नहीं पढ़ने वाले हैं, तो मैं सुझाव देता हूँ कि आप पुस्तकें किसी ऐसे व्यक्ति को दें, जो आपके साथ जानकारी बाँटे। आपको जानकारी देते समय जब आप पाठक का विकास देखेंगे, तो आपको पुस्तकों की शक्ति पता चल जाएगी। शायद सबसे अच्छा विचार यह रहेगा कि आप "थिंक ऐंड ग्रो रिच" पुस्तक में बताए "ब्रेन ट्रस्ट" वाले विचार का इस्तेमाल करें यानी आप दोनों ही पढ़ें और जानकारी का आदान-प्रदान करें।

आपने इस पुस्तक को पढ़ने के ज़रिये कुछ अति महत्त्वपूर्ण विचार सोच लिए हैं; आप जानते हैं कि आप किसी न किसी तरह से लीडर हैं; आप जानते हैं कि आप ईश्वर और अपने साथी इंसानों के लिए महत्त्वपूर्ण हैं; आप जानते हैं कि जीवन की गुणवत्ता सृष्टि के बुनियादी नियमों के पालन पर निर्भर करती है; आप जानते हैं (मैं विश्वास करता हूँ) कि जीवन को अद्भुत बनाया जा सकता है - इसलिए कूद जाएँ - आपको इसमें तैरने के लिए बनाया गया था!

जीवन के महान विचार

ऐसा व्यक्ति मूर्ख नहीं है, जो किसी चीज़ को रख न सकने के कारण उसे दे देता है और उसे हासिल करने के लिए ऐसा करता है, जिसे वह गँवा नहीं सकता।

—जिम ईलियट

विनम्रता में ढलने पर विवेक दोगुनी चमक से चमकता है। योग्य लेकिन विनम्र इंसान एक ऐसा रत्न है, जिसका मूल्य किसी साम्राज्य से कम नहीं है।

—विलियम पेन

जिस आदमी के पास अब सुलझाने के लिए समस्याएँ नहीं बची हैं, वह खेल से बाहर हो चुका है।

—अल्बर्ट हबार्ड

असंतोष के दो ब्रांड हैं : वह ब्रांड जो केवल लोभ, गुर्राहट और पीठ पीछे की निंदा को बढ़ावा देता है और वह ब्रांड जो वांछित लक्ष्य तक पहुँचने के लिए ज़्यादा से ज़्यादा प्रयास को प्रेरित करता है। आपका ब्रांड कौन सा है?

—बी.सी. फ़ोर्ब्स

हम सफलता के बजाय असफलता से बहुत ज़्यादा बुद्धिमत्ता सीखते हैं। क्या काम करेगा, इसका ज्ञान हमें

अक्सर इस बात से मिलता है कि क्या काम नहीं करेगा और जिस व्यक्ति ने कभी कोई ग़लती नहीं की है, उसने शायद कभी कोई खोज भी नहीं की है।

—सेम्युअल स्माइल्स

अगर आपकी कोई कमज़ोरी है, तो इससे भी किसी शक्ति की तरह अपनी ख़ातिर काम लें – और अगर आपके पास कोई शक्ति है, तो इसका दुरुपयोग करके इसे कमज़ोरी न बनाएँ।

—डोरे स्केरी

संसार में यह इतनी अहम बात नहीं है कि हम कहाँ खड़े हैं, अहम बात तो यह है कि हम किस दिशा में चल रहे हैं।

—ओलिवर वेंडेल होम्स

मुश्किलें वे चीज़ें हैं, जो दिखाती हैं कि इंसान क्या हैं।

—एपिक्टेटस

मुझे स्वीकार करना होगा कि मैं इस प्रबल विश्वास से अपने घुटनों के बल बैठ जाता हूँ कि मेरे पास जाने के लिए कोई दूसरी जगह नहीं है। मेरी बुद्धिमत्ता और मेरा समूचा अस्तित्व दिन की माँगों को पूरा करने के लिए अपर्याप्त है।

—लिंकन

दुर्भाग्य से, हम इंसान के बारे में इस तरह बोलने के लिए ज़रूरत से ज़्यादा प्रवृत्त होते हैं कि उसके लिए क्या वांछनीय होगा, बजाय इसके कि वह सचमुच क्या है। सच्ची शिक्षा केवल नग्न वास्तविकता से ही प्रवाहित हो सकती है; इंसान के बारे में किसी आदर्श मुगालते से नहीं, चाहे यह कितना ही आकर्षक क्यों न हो।

—कार्ल युंग

इंसान जो जानता है, उसे उसकी अभिव्यक्ति अपने काम में करनी चाहिए; श्रेष्ठ ज्ञान का महत्त्व मुख्यतः इसलिए है, क्योंकि यह इंसान को श्रेष्ठ प्रदर्शन की ओर ले जाता है।

—क्रिश्चियन बोवी

बड़े अवसर सभी के पास आते हैं, लेकिन कई लोगों को पता ही नहीं होता कि वे उनके पास आए हैं। उनका लाभ लेने की एकमात्र तैयारी बस उसके प्रति सरल विश्वास है, जो हर दिन लेकर आता है।

—ए.ई. डनिंग

महान प्रयासों में असफल होना भी प्रशंसनीय है।

—लॉन्जाइनस

सच्ची महानता वाला इंसान कभी अपने बाल हृदय को नहीं गँवाता है।

—मेन्सियस

जब आपको यह ख़तरा न रहे कि आपके मित्र आपको पाखंडी समझें, तो ईश्वर के प्रति पाखंड के बारे में सावधान रहें।

—ओसवाल्ड चैंबर्स

अनुवादक के बारे में

डॉ. सुधीर दीक्षित *टाइम मैनेजमेंट, सफलता के सूत्र, 101 मशहूर ब्रांड्स* और *अमीरों के पाँच नियम* सहित सात लोकप्रिय पुस्तकों के लेखक हैं, जिनमें से कुछ के मराठी व गुजराती भाषाओं में अनुवाद हो चुके हैं। इसके अलावा उन्होंने हैरी पॉटर सीरीज़, चिकन सूप सीरीज़ तथा मिल्स ऐंड बून सीरीज़ सहित 150 से भी अधिक अंतर्राष्ट्रीय बेस्टसेलर्स का हिंदी अनुवाद किया है, जिनमें रॉन्डा बर्न, डेल कारनेगी, नॉर्मन विन्सेन्ट पील, स्टीफ़न कवी, रॉबर्ट कियोसाकी, जोसेफ़ मर्फ़ी, एडवर्ड डी बोनो, ब्रायन ट्रेसी आदि बेस्टसेलिंग लेखक शामिल हैं। उन्होंने मशहूर भारतीय क्रिकेट खिलाड़ी सचिन तेंदुलकर की आत्मकथा *प्लेइंग इट माय वे* का हिंदी अनुवाद भी किया है।

हिंदी साहित्य और अँग्रेज़ी साहित्य में स्नातक की उपाधि लेने के अतिरिक्त डॉ. दीक्षित अँग्रेज़ी साहित्य में एम.ए. तथा पीएच.डी. भी हैं। उनकी साहित्यिक अभिरुचि की शुरुआत हिंदी जासूसी उपन्यासों से हुई, जिसके बाद उन्होंने अँग्रेज़ी के सभी उपलब्ध जासूसी उपन्यास पढ़े। वे अगाथा क्रिस्टी और आर्थर कॉनन डॉयल के लगभग सभी उपन्यास व कहानियाँ पढ़ चुके हैं।

कॉलेज के दिनों में डेल कारनेगी की पुस्तकों का उन पर गहरा प्रभाव पड़ा। कॉलेज की शिक्षा पूरी करने के बाद डॉ. दीक्षित ने *दैनिक भास्कर, नई दुनिया, फ़्री प्रेस जर्नल, क्रॉनिकल, नैशनल मेल* आदि समाचार पत्रों में कला, नाटक

एवं फ़िल्म समीक्षक के रूप में शौक़िया पत्रकारिता की। उन्हें म.प्र. फ़िल्म विकास निगम द्वारा फ़िल्म समीक्षा के लिए पुरस्कृत भी किया गया। चेतन भगत और डैन ब्राउन उनके प्रिय लेखक हैं। डॉ. दीक्षित को पाठक sdixit123@gmail.com पर फ़ीडबैक प्रदान कर सकते हैं।